きみと見つめる、はじまりの景色

騎月孝弘

STARTS
スターツ出版株式会社

純粋で、ひたむきで、いつも笑顔が愛くるしいきみ。
桜の季節に訪れた、僕の初恋。

いっぱい泣いて、いっぱい笑った。

その出会いが僕を変えてくれた。
僕も少しは、きみの支えになれただろうか。

これから先も、ずっと忘れはしない。

きみと見つめた、はじまりの景色。

目次

きみと見つめる、はじまりの景色

プロローグ

自転車のペダルを踏み込む。僕は目の前に伸びる坂道を一気に駆け上がった。高校に入って五カ月近く、毎朝上ってきた坂だ。

夏休みの、全校生徒いっせいの補習授業の翌日。

立ち並ぶ桜の木が青々と茂っている。凪はない。湿気を含んだ空気が、夏の終わりにもかかわらず肌にまとわりつく。

自転車を停めて駐輪場を出ると、正面には体育館。その左手前には芝が見える。

三年前に改築されたモダンな校舎とは対照的に、半世紀という歴史を刻んだ弓道《きゅうどう》場《じょう》が、ひっそりとそこにたたずんでいる。

道場のちょうど中央に、弓を構えた女の子がいた。

彼女の名は、真野《まの》あずみ。袴《はかま》姿で、矢を番《つが》えた姿勢のまま、じっと的を見つめている。

僕はゆっくりと矢《や》取道《とりみち》の脇を歩き、道場へ近づいた。

小柄で華奢《きゃしゃ》なあずみの道衣《どうぎ》が陽光に照らされてまぶしい。けがれなく神々しい……なんてたとえは言いすぎだろうか。

あずみは的から顔を戻すと、右手を弦《つる》に懸けた。いつもは大きな瞳で見上げてくる子リスのようだけれど、今日は違う。真剣な眼差《まなざ》しだ。

僕の胸が鐘を打つように高鳴る。

あずみはゆったりと弓を打ち起こしていく。肘《ひじ》につられて、透き通るような白い腕が上がった。彼女の呼吸は乱れない。そのまま流れるように弓を引き分け、左腕が的に向かってまっすぐに伸びる。

弓のしなり具合と張りつめる弦、そしてジュラルミンの矢の輝きと、あずみの表情。なんてきれいなんだろう。

思わず見惚《みと》れる。

ふと、遠方の灯火《ともしび》がちらつく程度のまばたきをした隙に、矢は放たれ、的を射抜いた。

——スパンッ。

この世で最高に幸せな音が、空に高らかと響き渡る。

彼女は両腕を伸ばし、全身で大の字を描いたまま静止していた。

武道を極めるうえで最も大切なのは、残心《ざんしん》だ。一連の動作を終えてからもなお、自分の射を見つめ、自身の心を見つめ直すことをいう。

先輩から、これは〝余韻の美学〟だと教わった。

まるで一枚の写真を見ているような目の前の光景を、僕は瞳に焼きつける。

真野あずみとの出会いは、今から五カ月ほど前のことだ。

今、鮮明によみがえる。桜の季節に訪れた、僕の初恋——。

第一章　胸さわぎの春

午後の授業が終わるとすぐに、昇降口で靴を履き替え、右手側に駆け出す。正面に弓道場の敷地が見えた。駐輪場と並んで小高い丘の端に位置するため、がけ側には木々が生い茂っている。

グラウンドからはバットが硬球を打つ甲高い音が聞こえた。音楽室からは吹奏楽部のパート練習。そして弓道場からは、安土《あづち》にかかった的を矢が瞬時に射抜くときの痛快な響き。

射場《しゃじょう》の反対側、的場《まとば》を一瞥《いちべつ》し、そのまま道場の入り口に向かう。屋根のついた道場に、二十名ほどの先輩たちが袴姿で並んでいた。

高校の入学式を終えて四日経ち、さっそく部活動の見学と仮入部が始まる。

中学時代はサッカー部だった僕が、なぜ高校では弓道を？　その理由をはっきりと答えることはできないけれど……たぶん心のどこかに、新しいことを始めたい、そして自分を変えてみたいという漠然とした思いがあったからかもしれない。

道場前で男女ふたりの先輩が僕たち見学者を迎えてくれた。

息を整え、既に集まっていた他の新入生とともに先輩たちの前に並ぶ。

弓道部を見学に来た新入生は、男女合わせて十五人ほど。中学時代からの友人同士と思われるグループもいたものの、多くは個々の意志で集まっているようで、互いにどう声をかけ合ってよいかわからず、みんなきまりが悪そうにもじもじとしている。

かく言う僕も、元来の人見知りのせいで、足元から視線を上げられなかった。

そんなとき、背後からスニーカーの軽快なステップが聞こえた。

「すみません、遅れました。『引佐中学《いなさ》』出身、夏目彼方《なつめかなた》です。袴をはいて矢を射る先輩たちに憧れてここを選びました。弓道部に入部させてください。よろしくお願いします！」

振り返ると、ひとりの男子が笑みを浮かべて立っていた。百八十センチ近くあるだろうか。無駄な肉付きのない、すらりとした長身だ。

先に集まっていた新入生女子たちが、互いに顔を見合わせて色めき立つ。つい先ほどまでぎこちなかった場の雰囲気が一瞬でゆるんだ。

あ、彼は……。

耳を覆うほどに伸びた栗色《くりいろ》の髪。二重まぶたに切れ長の瞳。肘の辺りまでまくり上げた袖から見える腕は、細く白いものの、きれいな筋肉の隆起のせいかたくましく見える。

僕の身長は彼より十センチほど低く、女子にキャーキャー言われるような顔立ちでもない。悔しいけれど、彼は男の目から見ても十分にカッコいい。

夏目彼方——その名前は知っていた。僕だけではなく、教師も生徒も、既にこの高校の全員が彼の顔と名前を覚えたはずだ。なぜなら、彼は入学式で、新入生代表としてスピーチしたから。

あのときのことを新聞記事にするならば、『本校に新星登場！』なんて見出しがつきそうな光景だった。

――一ミリの気負いも顔に出さず、飛び石を踏むようにトントントンと階段を駆け上がり、壇上に立つ彼方。ああいう場で生徒や保護者の顔を見渡せば、普通はそれなりに緊張するはずだけれど、もう何百回とそれを行ったことがあるかのように、自然体でマイクを手にした。

『僕は犬になります』

それが彼の第一声だった。

会場全体がいっせいにざわめく。先生方が蒼白《そうはく》になった顔を見合わせる。なにを言ってるんだ？と、僕もあっけに取られて、夏目彼方を食い入るように見たのを覚えている。

ただ、そう思ったのも一瞬で、彼は言い出しから、時間はその生き物、その個体によってまったく違う感じ方になるのだということ、だからこそ、これから始まる三年間という、だれしも平等に与えられた時間を悔いのないよう全力で過ごしていきたい――そんな内容のことをさらりと話した。

『犬の一年は人間の七年に相当します。僕たちがこれから過ごす三年間は、世間の高校生の三年とは違います。七倍の濃度、これ以上ないほどの深い時間にしてみせます』

直前が、校長先生の的を得ない退屈な話だったせいもあるだろう。夏目彼方の話はその場にふさわしい、最良の内容だった。軽すぎず重すぎず、羽目を外さず、それでいて自分の気持ちが入っていて、同じ学年の生徒が言っているというより、いろんな経験を積んだ大人の言葉に聞こえた。

こんな達観したようなヤツと友達になれるだろうか。いや、無理無理。自分とは違う世界で生きているんだろう。

壇上の夏目彼方を見ながら、正直そう思った――。

新入生たちはまず、的場のほうへ案内された。そこからしばらく、道場内の先輩たちの射を眺める。

大人っぽいな……。みんな凛《りん》としている。袴姿がサマになっていてカッコいい。

僕たちは、修学旅行生が名所を見たあと次の目的地に向かうときのように、先輩に先導され、ぞろぞろと道場に向かった。

のちのち思い返せば、これは入部を勧めるための大サービスだったのだろう。道場内の先輩たちは練習を中断して、みんな笑顔で新入生の見学者を迎えてくれた。何人かの先輩たちが弓具庫《きゅうぐこ》から弓を持ち出してくる。

「さあ、今日は特別に、実際に弓を引いてみてくれ」

僕たちに、派手さはないものの誠実そうな主将が呼びかける。

「もちろん、いきなり矢を射ることはできないから、今日のところは矢を番えずに、そのまま引いてみようか」

落ち着かない表情の新入生たちが、戸惑い気味に弓を受け取っていく。

「重さの違う弓を何本か用意してもらったから、いろいろ引き比べて試してごらん。ええと、これは十一キロ……男子はこれを使ってみてよ。女子はこっちの七キロのがいいね」

十一キロ？　弓ってそんなに重いのか、と思っていたら、どうやらこの数字は弓の重量ではなく、引くときにかかる力を表すらしい。

僕たちはそれぞれ、近くにいた先輩に弦を張ってもらう。そして制服姿のまま、矢のない弓を持ち、射位《しゃい》に並んだ。左足が的に向いた、半身の状態だ。

ちょうど目の前に、小柄な女の子が立った。

あれ、こんな子、いたかな？　道場前に集合したときには気づかなかった。ひょっとしたら、他の人間の背に隠れて見えていなかったのかもしれない。

今、彼女のつむじは僕の喉仏くらいの高さにある。

そのときはまだ、名前さえも知らなかった女の子。真野あずみだった。

ふと、彼女は体をひねり、振り返って僕を見上げた。

長いまつげ。大きな瞳。しっとりとした唇。白く透き通った肌。肩にかかるくらいのサラサラとした、きれいな黒のストレートヘア。

僕の目は彼女に釘《くぎ》づけになり、息が止まる。数えれば一秒足らずのごくわずかな時間。もしもその瞬間に音がつくならば、ありきたりながら、『ドキン』だ。

しかし残念なことに、ロマンスの予感なんてものは、ほんのひとときで消える。

「あっ、ごめんなさい」

彼女は急いで謝ると、体を戻し、深くうつむいた。

え……なんだったんだ、今のは……。なんで彼女は僕を振り返った？

予想できなかった事態に動揺して、なにも言葉が出ない。

しばらくの沈黙。

気まずい。なにか声をかけるべきか……。いや、今の彼女のリアクション、ぼんやりしていて思わず振り返ったようにも見えた。だったら、僕から声をかけるなんて、きっと彼女も迷惑だろう。

なんてことをひとりで延々と考えていると、あずみの背筋がすっと伸びる。彼女は的を向き、弓を打ち起こした。

弓の長さは二メートル以上ある。そんな長い弓を小柄な女の子が持ち上げているのを見て、そのアンバランスな光景が微笑《ほほえ》ましく、笑みがこぼれそうになる。

あずみの弓は、ふらふらと揺れながら上がっていく。

僕も彼女に続く。

弓そのものは思っていたほど重くない。でも、そのあと両手で引き分けようとしたら、急に弦が硬くなったように感じた。

先輩たちの右手には、みんな〝ユガケ〟と呼ばれる皮の手袋のようなものがはめられている。そもそも素手で引くものではないのだろう。それでも、これほど引くのが大変だとは、意外だった。

目の前のあずみが、顔をしかめながら弦を引き続ける。

「うう……」

見ると、右手の人指し指と中指に弦が食い込んでいた。

そんなに無理に引かなくてもいいのに。

僕の心の声が届いたのか、しばらくするとあきらめたように、引いていた弦を元に戻した。もっと簡単にできると思ったのだろう。

ただ弦を引くだけなのに、弓っていうのは……。

「意外と難しいんだな」

あ、しまった。心の声が、思わずつぶやきとして口から出てしまった。

背中を向けたままの彼女の肩が、ぴくんとはねる。

あずみがゆっくりと、恐る恐る振り返り、僕を見上げる。

またしても彼女の顔が、胸元近くに接近した。戸惑いなのか動揺なのか、まじまじと僕を見つめる。

吸い込まれそうなほどの黒目がちな瞳に、僕は急いで視線を外す。こんなに至近距離で女子と見つめ合ったことなど、今までなかった。

「たしかに、難しいね……。ただ弓を引くだけでも」

ぽつりと彼女がつぶやいた。目を伏せて、じんわりと、なにかに浸るかのような表情をしている。

「うん。でも、こうして弓を手にしてここに立つだけで、なんか気持ちいいよね」

自分でも驚くほど、自然と言葉を返すことができた。彼女がまとう、ふんわりと温かな雰囲気のおかげかもしれない。

あずみの顔にぱっと花が咲き、白い歯が見える。

「ホント、気持ちいい」

彼女は体を戻すと、今度は弦を引かずに左腕で弓を支えたまま、右手で弦を引くマネをした。僕も同じ動作をする。

ふたりの弓が平行して、まっすぐに立つ。あずみと自分との息遣いが、一瞬そろった気がした。

的を見据える。弓を持つ手を体の中心から、くうーと伸ばしていく。的場の上に広がる空の青さがぼやけていき、目の前に的だけが残った。周りの声も音も消えた。たぶん先輩たちから見れば、そのときの手順も、形も、素人丸出しでめちゃくちゃだっただろう。でも、僕たちはたしかに、その空間、その時間に、僕たちだけの世界を創っていた。

「はい。それじゃあ、新入生のみんな、弓を戻してねー」

先輩のかけ声で、はっと正気づく。

的から顔を戻して弓を下ろすと、右袖に立っていたあずみと視線がぶつかった。先に弓を下ろして射位から離れていたようだ。

自分の背丈より長い弓を、とても大切そうに両腕で抱きかかえている彼女。その瞳が小さく左右に揺れる。

音も色も時間さえも消えた異次元から急に現実に引き戻されて、しかも目の前にはあずみがいる。

かわいい……って、なにを考えてるんだ、僕は。

どうにもこうにも血の気が上って、喉からうまく声が出ない。

でも、なにか話しかけないと、初対面から挙動不審男だと思われる……。

「弓って、楽しそうだね」

深く考えず、しぼり出した言葉。

彼女は一瞬ぽかんとした顔つきになる。

あれ、なにか、まずかったか。

それはそうだ、なんのおもしろみもないことを言ってしまったのだから。しかも相手はその当時、まだ名前も知らなかった女の子。

ごくりとつばを飲みこもうとしたのに、喉はカラカラに乾いて、ふさがっているかのように苦しい。

でも次の瞬間、彼女は我に返ったように、大きくうなずく。そして……。

「時間が止まったみたい、だった」

小声でつぶやいてから、満ち足りた表情で顔をくしゃくしゃにした。

時間が止まったみたい。僕は心の内であずみの言葉を反芻《はんすう》する。

その言葉は本来なら、古めかしいままとか、事件の傷が今も生々しく残る、なんて意味で使うのだろうけれど、彼女のレトリックは違う。

その瞬間がすべて。それはまさに、そのときの僕の気持ちを、まるごと代弁していた。

弓を戻しに駆けていくあずみのうしろ姿を眺めながら、ぼんやり思った。

ああ、人を好きになる瞬間って、こんな感じなんだ……と。

「どうしたの、ぼうっとして」

背後からいきなり耳元でささやかれ、全身に鳥肌が立った。

「うわあ！」

振り返ると、言葉どおり眼前に、栗色の髪に長いまつ毛の、夏目彼方の顔があった。

「な、なに？」

いったい、いつからいたんだ。まさか、僕があずみを見つめていたのを眺めていたのだろうか。

「なんか、浸ってた？　あの子と」

彼方はあずみの背中を指差す。

ああ、やっぱり見られてた……。

急に羞恥心が湧き上がる。

「あ、いや、その……」

「なにキョドってんの。別にいいじゃん」

キョドってるって……。いきなりズバズバ踏み込んでくる……。

「春、恋と青春の始まり？」

彼方がおどける。

僕のことをからかっているのか？

　でも、その眼差しはなんとなく温かい。女子はこういう男に惚《ほ》れるんだろうなと、なぜかこんなタイミングでひとり納得する。

「あの子、いいよね」

　彼方がささやく。その口調は、僕に問いかけたわけではなさそうだった。ただ思ったことをそのまま声にしたのだろう。

『どういうとこが？』とは聞けなかった。もしも彼方があずみのことを好きになったのなら、僕なんかにはとても歯が立たない。顔もスタイルもさわやかな性格も、どんなにひいき目に見ても、自分に勝てる要素が一ポイントも見当たらない。せっかく芽生えた恋心が、空気の抜けた風船のようにしゅるしゅると萎んでいくようだ。

「夏目くんは、弓道やるの？」

　初めて名前を呼んでみる。

「うわっ、鳥肌。男に夏目くんって、久しぶりに呼ばれたよ。悪いけど、カナタって呼んで」

　出会っていきなり自分を呼び捨てにしろって……。そのコミュニケーション能力がうらやましい。

「名前は？」と、今度は彼方が問う。

「葛城《かつらぎ》だけど」

「下は？」

「シュウ。秀でるという字、一文字でシュウ」

自分の名前を紹介するとき、いつも恥ずかしくなる。

父さん、母さん、産んでくれてありがたいんだけど、この名前は僕にとっては荷が重い。だって、人に『どんな字？』って聞かれたら、優秀とか秀才とか、そういう熟語しか思い当たらない。マニアックな熟語では伝わらないし。だけど僕は優秀でもなく、なにかに秀でてもいないし、むしろ人並みで凡庸《ぼんよう》なのに。

「じゃあ、秀って呼ぶよ」

僕の心の内など当然知る由もなく、彼方がさらりと言う。

「ああ、うん」

「ところで、覚えてる？　弓引いてる最中、秀ってば、ずっと的を見つめてただろ」

「そう……だったかな？」

あずみと並んで引いた、あのときのことだろうか。

「矢は番えてなくても、ああやって初めて的前《まとまえ》に立ったら、なんか感動したんだよね」

僕は照れながら答える。

「実はあのとき、俺も秀のうしろで、ずっーと立ってたんだよ。みんな片付け始めてたから、俺が最後かなって思ってたら、秀がちょうど同じタイミングで向き直ってた」

そうだったんだ。あのとき彼方も、同じように的前に立ち続けていたのか。気づかなかった。僕たちは知らないうちに、同時に弓道の魅力に引き込まれていたんだ。

うれしさが込み上げる。

「シンクロしてたんだね」

「シンクロ?」

彼方が首をかしげる。

「波長が合ってたってこと」

「シンクロか。おもしろい言葉だな」

そう言って、僕の肩に手を置いた。

「俺たち、案外、相性いいかもよ」

彼の屈託のない笑顔に、僕はたじろぐ。

夏目彼方という男は、どうしてこうも自然体で自分を出せるんだろう。うらやましくもあり、正直に言えば、自分がなにか小さいもののように感じてしまう。

「ええと、相性って、別にBL的な意味じゃないからな」

僕が呆然《ぼうぜん》としていたせいか、彼方は急いで言葉を加えた。

BLって……? なんだろう。ビューティフルライフ? 違うか。

僕、葛城 秀は真野あずみに恋をし、夏目彼方とは出会って数日で打ち解け、僕たちはそろって弓道を始めた。

高校生に恋はつきもの、なんていうのかどうかわからないけれど……ふわふわした思いに浸っている余裕はまったくない。仮入部中から、いきなり過酷な現実が待ち受けていた。

午後の授業が終わると、すぐに体育館裏でジャージに着替える。先輩たちが道衣に着替え終わるまでに道場内の雑巾《ぞうきん》がけをし、練習の開始と同時に、登校時に上がってきた坂を駆け下りて、外回りのマラソンを五周するのだ。

ここ『浜松《はままつ》第二高校』——通称、二高は、市街地から少し西に離れた小高い丘の上にある。近辺は坂が多く、すぐ南を東海道本線《とうかいどうほんせん》と新幹線が走り、電車に乗れば車窓からも校舎が見えるほどだ。

周囲は住宅に囲まれていて、近くには市立の小学校や中学校もある。南東側にある正門は開放感と穏やかな雰囲気を醸《かも》している。正門といっても、正確にいうと開閉式の門はない。自主自立を重んじる校風のせいだろうか。いつでも開《ひら》けていて、休みの日でも敷地に自由に入れるという、実に懐《ふところ》の深い高校だった。

校舎へと続くなだらかな坂には桜の木が並んでいて、春、新入生たちはその満開の桜の中を上ってきた。

ただ、ことマラソンに関しては、ここの地形は難所といえる。受験勉強でなまった体を元に戻すためと言われてのことだけれど、このメニューはまさに地獄だ。

「おーい、こらバカ！　可憐《かれん》な乙女たちの前でふぬけたツラさげて、恥ずかしくないのか！　もっと根性見せてみな！」

横腹を押さえて苦しそうに走る男子たちに向かって、三年生で気の強い教育係の先輩が、威勢のいい檄《げき》を飛ばす。

彼女の名前は、士野《しの》マリア。まっすぐに伸びた金髪をうしろでひとつに束ねている。

マリア先輩の場合は染めているわけでなく地毛だった。父親がアメリカ人とチュニジア人のハーフで、母親は日本人とフランス人のハーフだとか。異国の血が七十五パーセントも占めているだけあって、手足の長さと顔の小ささ、胸の大きさはいずれもモデルのようだ。

ただ、女子とは思えないものの言い方だけが唯一、玉《たま》に瑕《きず》か……。

彼女はなんでもズバズバ言ってくる姐御肌《あねごはだ》（実際年上なんだけれど）で、口癖は『バカ』だ。

悪態をつくマリア先輩の脇で、「みんな、ファイト！」と女子たちが励ましてくれる。なぜか外回り二周とノルマの少ない彼女たちは、既に走り終えているのだ。

「がんばって！」

その中に、あずみもいた。彼女の声援に気持ちを奮い立たせる。

そういえば、僕たちが仮入部してから、ぼろぼろだった道場の雑巾がすべて新調されたと先輩たちが喜んでいた。

それをしたのはあずみだ。本人は『ちょうど気づいたから』と控えめに言っていたけれど、どうやら彼女が家で新しいものを縫ってきてくれたらしい。なにげない気遣いのできる子だ。

マラソンが終わると、今度は腕立て伏せを二十回、五セット。そのあとも延々と筋トレが続いた。腕も腿《もも》もパンパンになり、すべてのスタミナが尽きようとしても、それで終了ではない。ハードな筋トレのあとは、先輩たちの練習の補佐係だ。

「ティエーー！」

的中をカウントするボード——看的板《かんてきばん》の前で、これまでに出したことのない声を張り上げた。

弓道部には独特の発声がある。高校によって発する音は違うらしい。ここ二高では、的を矢が射抜いたときには短く『ティエー』、外したときには『ツェッ』と発する。

傍から見れば、奇異な光景。でも、先輩たちから『伝統だから』と言われればやるしかない。

男子がふたりひと組になり、矢がどれだけ当たったかを、この発声をしながら○×

で表示する看的の係を務めた。

ひと立《たち》で四本射終《いお》わるたびに、的から矢を抜き取る。裏手で、バケツにためた水で矢の先をすすぎ、雑巾できれいに拭き取ると、走って道場へ運び、矢立てへ入れていく。そのあとは再び看的所へ走っていき、自分たちが看的する順番を待つ。

あずみたち女子は、僕たちがつけた看的を見ながら道場内のホワイトボードへ結果を書き込む係や、ぼろぼろになった的を張り替える係を担っていた。

ゴールデンウィーク前の最終日。今日練習に参加していれば、自動的に本入部登録となる。ちなみに、仮入部中のハードワークに何名かの新入生は脱落し、本入部したのは男女合わせて十名だった。

練習は夜遅くまで続いた。的場の安土を整え終わる頃には、空には星がたくさん出ている。小高い丘の上にあるせいか、空気が他より澄んでいる気がした。

矢道の芝を、まばゆいばかりの白い光が煌々《こうこう》と照らす。高校野球のナイターを彷彿とさせる明るさだ。

僕たちは体育館と弓道場の間で着替え、先輩たちに挨拶して駐輪場へ向かった。

「お疲れー」、「おう、お疲れー」と声をかけ合ったあと、それぞれ自転車にまたがり坂を下っていく。

彼方とは、ちょうど帰る方向が途中まで同じだったせいか、毎日一緒に自転車を走らせていた。

正門までは下りの直線で、坂を下りきったら今度は近くの中学校まで急勾配の上り坂が待っている。

僕たちだけでなく、運動部員のポリシーとしては、ここで自転車を降りたら負けだと思っている（男子の無駄なこだわり、と女子は言うけれど）。とにかく、ひたすら立ちこぎだ。

彼方は真っ赤な車体のマウンテンバイクに乗っている。これが自然と似合うのだから心憎い。なにをしてもサマになる男って、ホントにいるんだな。

彼はギアを切り替えて、すいすいとこいでいく。

「秀はだれか付き合っている人とかいる？」

中学のグラウンドが見えてくる坂の中腹辺りで、前を行く彼方が突然聞いてきた。

「え……なに？」

サドルから腰を浮かして、ペダルに力をこめようとしていたところ、不意打ちの質問を食らって踏み外しそうになる。

「いや、いないよ」

「じゃあ、好きな人は？」

彼方の背中が尋ねる。

「べ、別に今は……」

なんだよ、このストレートな問いは。

「ハハハ。ホントわかりやすいな」

「なにが」

「そんなに動揺しなくても」

「別に、動揺なんて」

そう言いつつも、ハンドルを握る手は汗ばんでいる。

「いいさ」

彼方は込み上げてくる笑いを押し殺しているようだった。

ようやく坂を上りきると、T字路を左に曲がり、写真館の前の道を進んだ。彼方のあとを、縦列で続いて自転車を走らせる。

しばらくの間、ふたりとも黙々と自転車をこいだ。

右の角にコンビニエンスストア、左に消防署のある交差点まで来た。右に下っていけば駅や繁華街に続き、まっすぐ行けば、細いながらも北へずっと伸びる街道に合流する。

いつもならここで別れる。でも、直進する彼方の方向の信号は青だったものの、彼はそのまま進まずに、いったんブレーキをかけて自転車を停めた。

僕も隣に並ぶ。

交差点を車のライトがせわしなく行き交う。コンビニエンスストアから出てきた野球部員と思われる丸刈りの一団が、自転車に乗り込み、繁華街への坂を下っていった。

彼方が空を見上げて言った。

「犬の一年は濃いんだよな」

え、犬の一年て……、もしかして、入学式のときの?

「人間の七年に当たるんだ」

彼方が振り返る。

「スピーチで言ってたね」

「高校生活、たった三年。短いよ」

「彼方、どうしたの、浸って」

いつも気負いがなくまっすぐな彼にしては、感傷的な気がする。

「ああ、悪い、悪い。俺のよくないクセ。浸りグセってやつ」

「いや、なんか、たった三年て言い方、もう卒業を控えた高三ならわかるけど、俺たち、まだこれからじゃん」

「だよな」

話しているうちに、正面の歩行者用信号が点滅して赤に変わる。

「ちょっと、変なこと聞いていい？」

彼方が質問する。こちらを向いていたものの、交差点の明かりが彼を背中から照らしていたので、僕から見てシルエットになる。表情はよくわからない。

「なに？」

「秀って、ヒマなときとか退屈なときとかある？」

え、そんなこと……と、ちょっと拍子抜けする。

「それは、まあ、休みの日なんか、けっこうヒマしてるけど」

「弓に打ち込むことで、そういう時間が減ったら、どう思う」

「やりたくもないことをやらされて余裕がなくなるのはイヤだけど、弓ならいいかな」

毎日先輩たちの射を見ていると、日に日に憧れが強くなっている。袴姿はカッコいいし、一つひとつの所作も美しい。矢が的を貫く音を聞くたび、心がスカッとする。

「ハハハハ」

彼方が薄暗闇の中、笑いだす。

「だよな。親とか先生とか、大人はやること多くて時間が足りないとき、よく『忙しい、忙しい』って言うだろ。まあ、俺たちには想像できない大人の事情ってのがあるんだろうから、それをどうこう思わないけどさ。たまに男子でも女子でも、部活が忙しいって愚痴をこぼすヤツ、いるじゃない。あれってどうなんだろうって。ホントに大切なことや好きなことしてたら、忙しいって言葉、浮かばないんだよね」

たしかに。まだ入ってひと月だけれど、弓道を〝忙しい〟と思ったことはない。

「わかる、気がする」

「やっぱ秀って、俺の見込んだ男だ」

「なんだよ、それ」

正面の信号が再び青く点灯する。

「秀、一緒に弓で全国目指そう」

え、なに？　聞き違いでなければ、今、『全国』って言った？

正直、返事に困る。まだちゃんと弓さえ持たせてもらっていないのに、いきなり全国って。でも……。

彼方の口から発せられたその言葉は、どこかくすぐったくて、まぶしくて、なんとなく心地よい響きだ。

「なあ、目指す気ある？」

彼方の問いは、僕を試しているようだった。

「まだ弓も握ってないからなあ。それに、毎日筋肉痛が激しすぎて、それどころじゃなくない？」

そうおどけてみせたものの、そこまで言って、まずい答え方をしたと気づく。

彼方の顔は相変わらず陰になって、どんな表情をしているかはよく見えない。しかし……照れも迷いも感じられないあの口調。たぶん、ものすごく真剣に聞いたはずだ。だったら僕も真摯に答えなければいけない。

僕の中学時代は、消化不良の三年間だった。それで自分を変えたくて、ゼロからのスタートを切りたくて、高校から初めて取り組む部員の多い弓道を選んだ。

「やるからにはもちろん、全国行こうよ」

思いきって、言葉にしてみた。思っていたほど照れずに言えた。

彼方は左手の親指を突き出した。「よし、絶対行こうな！」と叫び、いきなり自転車をこぎだす。

正面の歩行者用信号は青から再び赤に向けて点滅が始まった。

彼は振り返ることなく、片手で『バイバイ』というふうに手を振りながら、街道へ続く道へ進んでいく。

練習初めに行うマラソン中は、日本史に出てくる重要人物の名をそらんじながら走り、三年後の大学入試に早くも備えている彼方。趣味で読んでいる本を聞いたら、タイトルからは詳しくわからないような、おそらく法律関係であろう本の名をいくつも挙げる彼方。

そんな男だからこそ、そのまっすぐで強烈な気持ちは、間違いなく本気なんだろう。

春とはいえ、まだ空気が少しひんやりしている。にもかかわらず、学ランの内側には熱がこもっている。体が熱い。

夏目彼方。僕はけっして彼にはなれない。でも、彼のような友を得て、この瞬間、なんだかとてもすばらしい時間が始まった気がした。

いつもの練習メニューをこなしているうちに、いつの間にか四月が終わり、北日本では五月の嵐——メイストームが去ったとニュースでやっていた。

この辺りも、日差しがすっかり元気を取り戻し、街を包む陽気には夏の気配さえ感じられる。校舎に続く桜並木は、薄桃色の花びらをまとっていたのがずいぶん前のことのように、今では瑞々《みずみず》しい緑を茂らせている。

ゴールデンウィークも、僕たちに休みはない。

インターハイの地区予選に向けて、先輩たちの練習にはいっそう熱がこもっている。同時に、新入生の僕たちもゴム弓練習に入った。

ゴム弓というのは、初心者用の練習具だ。弓と同じ太さで長さ十五センチくらいのプラスチックの棒に厚めのゴムがついている。このゴムを弦に見立てて引くことで、射法八節《しゃほうはっせつ》を学ぶ。

「足踏《あしぶ》み」、上体と全身の気息を整える動作である「胴造《どうづく》り」、「弓構《ゆがま》え」、「打起《うちおこ》し」、

「引分《ひきわ》け」、上下左右に筋肉を伸ばし続ける「会《かい》」、「離れ」、そして「残心」。

弓を引くことはこの八つの動作からなる。

今まではなにも持たずにただひたすら形だけマネていたので、たとえゴム弓であっても、本格的な弓の練習に一歩近づけて、みんな一様に喜んでいる。

「いい？　ゴム弓練習っていうのは、練習の仕方次第でこれからのあんたたちの射形を決める大事な土台固めなの。いい加減な気持ちでやってると、いきなり変なクセがつくからね。そうしたら、あとで苦労するよ。くれぐれも気を引き締めてやるように」

僕たちのゴム弓指導は、マリア先輩が一手に引き受けてくれた。

金髪で長身のモデル体型。そんな先輩が和の王道、道衣と袴を身にまとっている。これは東洋《オリエント》と西洋《オクシデント》の融合とでも言おうか。なんとも不思議な光景だ。

「エアのときと違って、今度は実際の弓を握るイメージ。正しい手の内を意識しな」

弓道場の裏手のコンクリートに、ジャージ姿の一年生が横に並ぶ。

マリア先輩をマネながら、正面で打ち起こす。続いて、左手を的の方向へ移し、右肘を曲げていく射法八節の中間動作である大三《だいさん》、そして引分け……と続ける（ちなみにエアとは、エア弓道のことらしいが、マリア先輩しかそうは呼んでいない……）。

ゴム弓とはいっても、ゴムの弾力の負荷がかかる。大三という形から弓を引き分けるときにはかなり緊張する。最初の何回かは、右手が痙攣《けいれん》してうまく引けなかった。

「バーカ、葛城、手で引こうとするな。エアでやってきたことを思い出して。胸を割るように引く」

マリア先輩が目の前で胸を張った。

薄手の道衣の下のたわわな果実の膨らみが、僕の血圧を急上昇させる。急いで目を逸らし、先輩のアドバイスどおり、両肩の延長線上に左こぶしと右肘がくるように伸びることを意識した。

「よし、いいよ、いいよ、その調子！」

マリア先輩の何気ない言葉がうれしい。

「先輩、押手《おして》の人差し指は伸ばしたほうがいいですか、曲げたほうがいいですか」

彼方が大三の姿勢のまま声をあげた。

「バカ、そんなの、ぼんやり鼻クソほじるときくらいの感じだよ」

マリア先輩が応じる。

どんなときだよ。背が高くすらっとしたモデルのようなあなたの口から、そんな下劣な言葉を聞きたくないです……。

これは一同、心の声。

それにしても、弓というのはいきなり引かせてもらえるものだと思っていたので、ゴムを使って練習するのは驚きだった。こんな道具は、昔の野球マンガやボクシングマンガの、主人公が肉体改造をするために強度のあるゴムを引き続けて肩を鍛えるシーンでしか見たことがない。

ただ、これはこれでおもしろい。心地よい弾性の力が肩や腕を伝い、いつもは使わない筋肉の動きが意識できる。

あずみは、マリア先輩から交互に肩の開き方を修正してもらっていた。小柄な彼女でも、両腕を同一直線上の反対方向にすーっと伸ばして引き分けていく様子はなかなか堂々としている。

僕だって、もっとうまくなりたい。自分の射型を早く完成させたい。弓を引く先輩たちは、カッコよくて、美しくて、僕たちの憧れだ。今ようやく、自分も先輩たちに近づく第一歩を踏み出した気がして、ワクワクしている。

僕は、無我夢中でゴム弓を引き続けた。

ゴールデンウィーク中、練習のあとはマリア先輩に連れられて、お好み焼きを食べに行くのが日課になった。代々、二高弓道部の行きつけらしい、有楽街《ゆうらくがい》のお好み焼き屋だ。

年季の入ったテーブルがところ狭しと並ぶ古びた店構えながら、味の評判は上々のようで、店内はいつも混み合っている。

新入部員たちはそれぞれグループに分かれて席に着く。僕は店の中央、四人がけのテーブルで、お好み焼きに食らいついていた。

正面にマリア先輩、隣に彼方、そして斜向かいにもうひとり。

「あー、背中の筋肉痛えなー」

新入部員の佐伯清太《さえきせいた》——僕たちはみんな、彼のことをセイタと呼んでいる——が、右手の箸でお好み焼きをつつきながら、左肩をぐるぐる回した。

小柄で細身のセイタは、丸顔に大きな瞳で愛嬌《あいきょう》がある。そのくせノリもよく、何事にも物怖じしないタイプのムードメーカー。なんでも思ったことをイヤミなくズバズバ言える。まったく、うらやましい性格だ。

「俺も筋肉痛、かなりきてる。連休明けたら中間テストの準備もしなきゃいけないのに、鉛筆持つのも億劫《おっくう》になるよな」

彼方が焼きたてのお好み焼きを自分の皿に移していく。このタイミングで中間テストの心配をするあたりが彼らしい。

「でも、マラソンのときの筋肉痛とゴム弓に入ってからの筋肉痛って、痛みの種類が違うだろ」

マリア先輩が僕たちを見た。その眼差しは弟たちを世話するお姉さんのようだ。

「ええ、なんか、いよいよって感じがします。早く本物の弓、引きたいです」

僕の言葉にみんながうなずく。

「ゴム弓に慣れてきたら並行して素引《すび》きに入れるよ」

マリア先輩は好物の『海鮮ミックス牛コロステーキ入り』を頬張っているとき、いつになく機嫌がよい。

有名雑誌でモデルをしていると言われてもだれも驚かないほどの美人が、口の周りにソースやら青のりをつけている。しかも、そんな姿をチラチラ見てくる周りのお客たちのことなど、先輩はてんでお構いなしだ。

「もう素引きとかいいから、せめてマキワラやらせてほしいよな」

セイタが体を揺らしながら、じれったい気持ちを表現した。

素引きとは、矢を番えずに弓を引く動作のこと。マキワラというのは、その次の段階だ。実際に矢を番えて、道場内に置いてある巻《ま》き藁《わら》に向け、至近距離から矢を放つ練習をいう。

矢を射るって、いったいどんな感覚なんだろう。想像するだけで胸が躍る。

「でもさあ、セイタの射はまだちょっとザツな気がするぜ。引分けのときに左右の腕のバランスが悪いっていうか」

「え、彼方、俺のこと、そんなふうに見てたわけ？　マジかよ、自分なりにいい感じで引けてると思ったんだけどな」

彼方にたしなめられ、セイタが急に不安がる。

「あー、たしかに。家で鏡見てゴム弓引いてみな。歪《ゆが》んでるから」

今度はマリア先輩が畳みかける。相変わらず口周りはソースがベタベタで、とんでもないことになっているが。

「マリア先輩に言われると、本気すぎてヘコむー」

セイタは男子で唯一、マリア先輩にタメ口を使っている。先輩も、見た目が中性的で女子のファッションやコスメにも詳しい彼とは、妙にウマが合うようだった。

そういえば、彼方が発した『ＢＬ』というのが〝ボーイズ・ラブ〟の略語だということは、セイタが教えてくれたっけ。

「風呂上がりに全裸で鏡の前に立って、それでゴム弓引いてみな」

だれより早くお好み焼きを平らげたマリア先輩が、セイタに助言する。

「先輩は、やってるの？」

セイタの問いに、マリア先輩は「毎日な」と答えた。

「お風呂上がりに？」

「ああ」

「全裸で？」

「ああ」

その瞬間、頭の中であらぬ妄想が膨らみ、ぐっとむせて、口の中からお好み焼きのかけらが飛び出てしまった。

「おい、秀、大丈夫か」

隣の彼方が慌てて僕の背中をさすってくれる。

「あー、葛城ぃ、お前今、最高にいやらしいこと想像しただろ。こーの、ムッツリー」

マリア先輩が箸で僕を指してニヤリとする。

「あれえー、耳赤くない？」

セイタも手をたたいて、青のりのついた歯を見せた。

「違うって！　一気に食べたせいで体が熱くなってきただけだよ」

「妄想罪で訴えるぞ」

そう茶化しつつ、マリア先輩は運ばれてきたデザートの抹茶パフェを、ソースをつけたままの小さな口に幸せそうに運ぶ。

「でもさ、俺、ぶっちゃけ弓道部って、いつも女子と近くにいられるから入ったんだよね」

セイタがロマンを語るように、不純な入部動機を打ち明けた。

「練習中に袴姿の女子を間近で見られるんだもん。こんないい部活、他にないじゃん」

「なんだ、セイタはフェミニンだから女子には興味ないと思ってたんだけどな」

「かわいい女子を見て、たくさん参考にするんだよ。俺のファッションや振る舞いのね」

　彼方がストレートにツッコむと、セイタはこぶしを握って堂々と主張した。

「お、いきなりのカミングアウト？」とマリア先輩が喜ぶ。

「いいじゃん、別に。先輩こそ、もっと女子力磨きなよ」

「なにっ！」

　わざと蔑《さげす》んだ目をしたセイタに、マリア先輩がいきり立つ。

　このままだとちょっとした乱闘騒ぎに発展しそうな予感がしたところで、「まあまあ、そんなに熱くならないで」と彼方がふたりをとりなす。

「それより秀はどうなの？」

　先輩が落ち着きを取り戻したところで、セイタが僕に聞いた。

「え？　なにが？」

「弓道始めた理由だよ」

「あ、ああ……」

　みんなの前で改めてマジメに問われると、少し恥ずかしい。

「俺は……矢が的を射抜くときの音の気持ちよさに惹《ひ》かれてかな」

「わー、普通の人が普通のこと言ってる」

マリア先輩が変な顔（美人なりの）をして僕をバカにする。

「普通でいいじゃないですか」

ムキになって答えながらも、マリア先輩にイジられることを快感だと思った自分に気づいて焦る。僕はけっしてMじゃないはず……。

「彼方はどうなの。弓道部に入った理由」

「それ興味あるな」

マリア先輩の質問にセイタも食いつく。

すると彼方は眉根を上げ、「俺は……」と真剣な目で僕たちを見渡す。そして、「みんなで全国制覇したいです」と言い切った。

「へえ、そんなとこまで考えてるんだ」

マリア先輩が感心した声をあげる。

「わたしなんか、ただ袴を履いてみたかっただけだよ。でもって成人式には色鮮やかな着付けをして、京都《きょうと》の三十三間堂《さんじゅうさんげんどう》の通し矢に出る。これがわたしの夢」

なんでも、その年に成人式を迎えた有段者だけが出場できる伝統の競技らしい。

「直接の理由は違っても、一緒ですよ。純粋さという点で」

彼方が答える。

「純粋？　わたしが？」

マリア先輩は「そうか?」とセイタに問うも、セイタは「?」と首をかしげた。

「そういえばさ」

彼方が僕を振り返った。

「秀、あの言葉、なんだっけ。ほら、同じ時間を同じ思いでシェアしている感覚」

「シンクロ?」

「そう、それ! その言葉を聞いたとき、すごく純粋な思いを感じたな」

彼方が目を細めて笑う。

「よし、俺もシンクロするぞー」

「じゃあ、わたしも。シンクロ率百パーセント!」

セイタが叫び、マリア先輩が両手を広げてよくわからない決めポーズをとると、急に彼方が皿に箸を置いた。『ふざけすぎたか?』という表情で、セイタとマリア先輩がフリーズする。

「俺、弓道好きです」

彼方は怒ったわけではなく、思いを口にした。

「打算じゃないんですよね、弓道って。プロ目指してとか、それで儲《もう》けたいとか、就職が有利とか、そういうの、ないじゃないですか。でも、それでも、やる意義を自分で決められるのって楽しいし、気楽です」

彼方の持論に、みんなが箸を止めて耳を傾けた。

気楽か……。気楽に、目標は全国制覇って。そういうことをさらっと言うのが彼方らしい。

「全国行こう」

思わず僕もみんなに呼びかける。

「なんだよ、秀まで。俺が今言おうとしたのに、先に言うなよ。もう！」

セイタがおどけてみせる。

まだ入部してひと月あまりの新入部員たちが、お好み焼き屋で全国目指そうと張り切っている姿は、周りのお客の目にはひどく滑稽《こっけい》に映ったかもしれない。でも、そのときの僕たちはそんなことにも気づかず、ただ自分たちの夢にどっぷりと浸かっていた。


連休はあっという間に終わった。学校が再開すると同時に、既に季節は夏到来という感じだ。

空は晴れ渡り、教室からは遠州灘《えんしゅうなだ》が見える。この地域特有の、強い日差しと蒸し暑さがやってきた。ちょっと走っただけでシャツがすぐに汗で張りついてしまう。

あとひと月ほどで、三年生の先輩たちにとっては全国に向けて最後のチャンスとなる大切な大会が始まる。五月下旬の市内大会を皮切りに、六月の西部《せいぶ》地区大会、七月の県大会と続く。

僕たち一年生は、道場の清掃、マラソン、体力づくり、ゴム弓練習をこなす。さらに、先輩たちが集中して練習できるよう、看的や矢の洗浄など裏方で精いっぱいバックアップした。ただ……。

あずみとは、入部前の見学会以来、挨拶くらいしか交わしていなかった。クラスも違うし、練習中はメニューや役割が決まっていて、あまり会話する機会もない。片付けが終わったあとに新入生同士で雑談する時間はあっても、彼女が他の女子たちと話している輪に加わる勇気はなかった。なんとも情けない。

このままでは三年間、恋愛には疎遠なまま部活動だけに青春のすべてをかけそうな勢いだ。

はぁ……。ため息がもれる。

しかし、そんな僕に、あずみとふたりきりになる機会が突然やってきた。

練習前、道場で雑巾がけをしていたとき、主将に呼び止められた。

「葛城、今日途中で練習抜けてもらっていいからさ、ここに行ってもらえるかな」

先輩に差し出されたのは『川中《かわなか》弓具店』という店の地図と、弓具の注文表だった。

「今度の試合で使う矢とか弦とか、大量に注文してるんだよ。ほら、葛城って馬込《まごめ》のほうでしょ。たぶん家から一番近いと思うんだ」

たしかに、学校と自宅を結ぶ動線上に川中弓具店はある。

「わかりました。大丈夫です」

先輩から矢筒《やづつ》をふたつ、手渡される。

初めて手にしたそれは、野球のバットが一本収まりそうなほどの太さで、黒皮に【二高弓道部】と刺繍《ししゅう》が入っていてカッコいい。

「ひとりで持てるかな」

主将が僕をまじまじと見ながら言った。

自分だけにお願いしてくれているという高揚感のようなものが湧いてくる。信頼に応えたいという気持ちだ。

「大丈夫です。ちゃんと肩にかけて、落とさないようにします」

「いや、矢と弦はいいと思うんだけど、一緒にユガケも頼んだんだよね」

先輩の言葉に心が躍る。

「それって……まさか、僕らの」

「楽しみだろ」

「はい！」

ついに、僕たち一年生にもユガケがもらえる。

弓道では、弦を引く右手に皮でできた手袋のようなものをはめる。それをもらえるということは、いよいよ巻き藁練習ができるのか。実際に矢を射ることができる日も近いということだ。

「矢筒二本にユガケはきついか。他にだれか家が近いっていう一年はいないかな」

主将が辺りを見回すと、巻き藁の前で的を貼っていたあずみが、すっと立ち上がって手を挙げた。

「はい！　わたし行きます」

「ああ、真野さん。行ってくれるかい。だと助かるよ」

あずみは満面の笑みを見せた。

ちょっと、ちょっと……。これまでの人生で、女子とふたりでどこかに行ったことなど一度もない。それなのに、初めての相手があずみだなんて……。もちろん、デートなんてものではないのはわかっている。それでも、ふたりきりになることには違いない。

僕の心の針は振り切れる寸前だった。

ゴム弓練習を終え、そのあと看的板の係を持ち回りで担当する時間になると、道場裏で制服に着替えた。

川中弓具店へ行くことを話したら、セイタが『うらやましすぎるぞ』と首を締めるマネをしてきた。もっとも、セイタのうらやましがったポイントは、あずみとふたりでという点でも、途中で抜けられるということでもなく、新品のユガケを最初に手に取れるということなのだけれど。

道場の前で待っていると、同じく着替え終わったあずみが出てきた。男子の着替えは道場裏のコンクリートの上だが、女子は一年生も部室を使える。

「ごめん、お待たせ」

あずみは矢筒をふたつ抱えていた。

「両方持つよ」

「ううん、片方でいいよ。わたしもひとつ持ちたい。だってこの筒、カッコいいんだもん」

彼女の無邪気な笑いに、『なんてかわいいんだ！』と、いちいち心で叫びたくなる。

僕たちは道場に向かって「失礼します！」と挨拶してから駐輪場に向かった。

あずみもいつもは自転車で通学していたけれど、連休中に自転車のチェーンが壊れて、今は修理に出しているところだという。直るまでバス通学のようだ。

そんなとき、男ならどうすることが正しいのだろう。『うしろ、乗ってく？』とさりげなく誘うか。彼方なら、言うだろう。でも……僕には無理だ。そういうセリフより、ふたり乗り禁止だという理性が先に立ってしまう。

結局、自転車を降りて、それを引きながらあずみと並んで坂を下りた。

肩にかかるほどの長さの彼女の髪が、歩みとともに揺れる。いい香りがして、鼻がとろけそうになる。

ただ、正門を出てから再び近くの中学の脇の坂を上っていくまで、ふたりの間にはなんとなくぎこちない空気が漂っていた。

なにを話すのが正解なのか、頭で考えているうちにタイミングを逃す。それに気づいて、さらにうろたえる。冴《さ》えない人間の悪循環だ。

いや、あずみはいろいろと会話を振ってくれた。『日が長くなってきたねー』とか、『高校慣れた?』とか、『授業のスピード速いよね』とか、ライトな話題から。

それなのに、僕は情けない。彼女の話にただぼんやりとした相槌《あいづち》を打つので精いっぱいだった。あずみの言葉も緊張で頭に残らず、耳から耳へと抜けていく。

背中のほうはまだ夕日が残り、朱色と白の混ざったような空だったけれど、向かう先は地平線に近い辺りから、ゆっくりと紺色の幕が上がってくるようだ。

いつもならサドルから腰を上げて立ちこぎする坂道。あずみとふたりで歩いている時間は、ずいぶんと長く感じた。

彼女は空を見上げながら、軽く体を上下させるように歩く。それはリズムに合わせて小さなステップを踏むようでもあり、あるいはただ坂を懸命に上っているという感じでもある。

　気の利いた言葉もかけられず、かろうじて車道側を僕が歩くことで、一応は男としての体面を保ったつもりでいた。

　でも、このままじゃダメだ。なんか自分からしゃべれ、俺。

「家、近いの？」

　あずみからの言葉が途切れたところで、思いきってこちらから聞いた。なんていうことのない質問だけれど。

「ううん、遠いよ」

「じゃあ、どうして」

「だって、弓具店って行ったことないから、見てみたいなって。それに、わたしたちのユガケももらえるんでしょ。楽しみだよね」

　あずみは少し遠い目をして、うっとりする。

「あ、家が遠いのは内緒ね」

　いきなり顔をのぞき込まれたため、心臓の鼓動が高鳴る。

「大丈夫」

　あー、いたって普通のつまらない返事。

不意のことにはまったく機転の利かない自分を恨む。

せっかくふたりきりなのに。いつもあずみのことを考えて、彼女がこれまでどんな友達、どんな家族とどんな生活をしてきたのか想像していたのに。聞きたいことはいくらでもあったのに。いざというときほど勇気が出ない。

「中学のときは、なんか部活やってた?」

かろうじて浮かんだ質問。

一番無難だと思ったけれど、なぜか一瞬、あずみの顔が曇った。いつも明るく振る舞う彼女の、下を向いたまつげを見たのは初めてだった。それでもあずみは、繕うように顔をほころばせる。

「テニス部。あんまりちゃんとやってなかったけど」

なんとなく強がっている雰囲気がある。

「なにか部活でごたごたでも?」

どこまで踏み込んでいいのかわからなかったものの、なにか僕だけが知るあずみの秘密がほしいと、ゲスな思いを抱いてしまった。

「ううん、部活自体は普通。ただ、小学校のときはお父さんの転勤で横浜《よこはま》とか仙台《せんだい》とか札幌《さっぽろ》とか転々としててね。自分ではわからないんだけど、周りから見たら、ちょっと浮いちゃってたのかな。なんとなく、みんなの目ばかり気になって……」

あずみは歩きながら、ふうっと息を吐く。

「中学からはしばらく転勤がないって聞いてたから、ホントはもっとみんなの中に入っていけばよかったし、それに、もっと自分を出していけばよかったんだけど。でも、些細《ささい》なことで同級生たちから嫌われちゃって……、学校は休まなかったけど、部活は途中から行かなくなっちゃった……」

キープオフ——事故や事件現場に張られた立ち入り禁止の黄色のテープを、なんのためらいもなくくぐっていく雑誌記者くらい配慮のない質問をしてしまった。

「そんなふうには見えないけどね。いつも楽しそうに笑ってて、明るくて。男子のみんなにも人気あるよ」

必死でフォローしようと思ったのに、どさくさにまぎれて自分の思いを差し挟んでしまう。でも、『みんなに』人気があるだなんて、結局最後に腰が引けて本当の気持ちをオブラートに包む。恋愛経験のない僕のキャパはこの程度でオーバーだ。

彼女は少しうつむいて、ひと言「ありがと」とつぶやく。

「ねえ、なんで二高を選んだの」

今度はあずみに聞かれ、一瞬、どこまで言おうか迷った。

「中学はサッカー部だったんだけど、県内屈指の弱小でね。部員は三年生まで合わせて二十人くらいいたのに、顧問も先輩も同級生もみんなやる気がなくて、ただボールを転がしてるだけの部活だったんだ。当然うまくなんてなれないから、練習試合も負けまくって、結局、試合に出るのがみんなイヤになって、中総体もエントリーしないまま引退しちゃった」

僕は結局、言い訳じみた、表面的な理由だけを答える。

異性相手に饒舌《じょうぜつ》になったのは初めてだった。先ほどの、彼女からの『ありがと』のひと言が僕を奮い立たせたのかもしれない。

「そうなんだ。ごめんね、イヤなこと思い出させちゃって」

あずみはしんみりした。

「ううん」

頭を振る。

でも……僕はズルい。あずみはたぶん、すべてそのまま話してくれたはずなのに。僕は自分をよく見せようとして、全部話すことをためらってしまった。

実際の僕は……自分の境遇を嘆いてばかりいた。先輩たちがなにもしないからウチの部活はダメなんだと、言葉にすらせずに、ただ思っていただけ。もっと力のあるコーチが指導してくれたら、僕たちは強くなれるのに。そうやって他人のせいにした。

同級生に、後輩に、夢を語っただろうか。目標を伝えただろうか。いや、なにもしなかった。自分は動かなかった。

彼方だったら、どうしただろう。自分自身のまっすぐな思いを、なんのためらいもてらいもなく、みんなに伝えたんじゃないか。先生たちにも、先輩たちにも、相談をして、悩みを伝えて、みんなの心を奮い立たせることができたんじゃないか。

彼方と出会って弓道を始めて、そんな思いが日に日に強くなっている。

それなのに僕は、隣にいるあずみに、そんな本音を話すことができない。僕はきれいなことしか言っていない。

「中学でみじめな終わり方してたから、高校で人生を変えたかった。みんなが同じスタートから始められる部活ってなにかなって探したら、ちょうどウチの高校に弓道部があるのを知って。ここでならがんばれるんじゃないかって思ったんだ」

つくづく自分がイヤになる。

「わたしたち、なんか似てるかも」

あずみがぽつりとつぶやいた。

「似てるって、どういうとこが？」

僕は動揺する。自分のあざとさが彼女の純粋さと似ているとは思えない。

「新しい自分を求めてるところとか」

「新しい自分か。なんか照れるね」

照れというより、羞恥心でいっぱいだった。僕は自分を偽っている。

「えー、マジメに言ったのになぁ」

あずみは自分の言葉が妙にマジメすぎたと思ったのか、クスクスと笑う。

僕も笑顔で応じたとき、ちょうど道の向こうにお店の看板が見えた。

まもなく日が落ちようとするところだった。辺りは車のライトの行き交いが目立つようになっている。

川中弓具店は、もう何十年も前からそこにあるのだろう。風情《ふぜい》のある瓦屋根が目を引く。塀は全体的に黒ずみ、ところどころささくれ立っていた。

店の脇に自転車を停めて、ガラス戸を開ける。

「こんばんはー」

あずみとふたりで、顔だけ戸の中に入れて、店内を窺《うかが》う。

外観同様に、屋内もずいぶんと古びていた。天井のシミや柱の傷などが歴史を感じさせる。

六畳ほどの、お世辞にも広いとはいえない店内には、壁一面に弓がかかっていた。

右手側のガラスケースにはいろんな種類のユガケ、左手側には高校の道場にある矢の五倍くらいの本数の、色とりどりの矢が矢筒に納まっている。

中をきょろきょろ見回していると、店の奥のガラス戸が開いた。

「おー、ああ、ええい……」

なにか呪文のような、あるいはうめきのような低い声を出しながら、痩せぎすのおじいさんが手をひらひらと振りながら出てきた。齢は九十歳くらいか、ひょっとしたらもっと上かもしれない。梅干しでもしゃぶっているかのように、口元に皺《しわ》が寄っている。

このおじいさんが、客相手にひとりでお店を切り盛りしているのだろうか。

僕とあずみは思わず顔を見合わせる。

「ああ、いらっしゃい。二高の新入生？」

おじいさんのあとからおばさんが顔を出す。おじいさんと比べるとずいぶん若い。娘さんのように見える。

「は、はい」

思わず安堵《あんど》した。たぶん、あずみも同じだったはずだ。

「よぼよぼのおじいさんが出てきてびっくりしたでしょう」

返答に窮する僕たちを、おばさんは笑顔で店の中へ招き入れる。

「お客さんからの電話で手が離せなくて、あの人に出てもらったの」

「ご夫婦なんですか」

ガラス戸を閉めるおばさんの横顔をまじまじと見つめてしまった。

「そうよ。十歳ほどは離れてるんだけどね。初対面の人にはときどき父娘《おやこ》に間違えられることもあるの」

「僕も、娘さんかと」

「まあ、うれしい」

おばさんが手を打って喜ぶ。やはり、おじいさんと比べるとずいぶんと若々しい。

「改めまして、二高弓道部一年の、葛城秀です」

「同じ一年生の、真野あずみです。よろしくお願いします」

あずみとふたり、順に自己紹介して、靴を脱ぐ。

店と同じくらいのスペースの畳の部屋には、年季の入ったちゃぶ台があり、そこに、おじいさんと向かい合うように正座した。

「あら、お行儀がいいわね。足、崩していいわよ」

おばさんが気遣ってくれたものの、「大丈夫です」と言って、僕もあずみもそのままかしこまる。

「もう今年もこういう時期なのねぇ」

おばさんはふたり分のお茶を煎れながらしみじみとつぶやく。

「あなたたちの高校は、代々先輩たちがここへ通ってたのよ。最初はどの子も緊張からかモジモジしててね……。あ、でも、おととしの子だけは初めからやけに元気がよかったわ。名前、なんていったかしらね、ほら、あの、金髪ボインちゃんの……」

「マリア先輩」

条件反射的にその名が僕の口をついて出た。

「そうそう、マリアちゃん」

あ……。

僕はとっさにあずみを見た。

『ボインちゃん』で連想したんじゃないよ！　金髪で反応したんだからね！

そんな言い訳を心の中で叫ぶ。

あずみがクスクスと笑う。僕が必死の素振りを見せたからか、おばさんが『金髪ボインちゃん』なんて言葉を使ったからか、いったいどっちだと思ったんだろう。

「一年生のお遣いは二高の伝統ね。みんな、初めてウチに来たときは制服もぶかぶかで、ぎこちないのよ。それがだんだんと背も伸びて、顔つきもたくましくなってね。まるで毎年孫が増えていくよう」

おばさんは本当のお孫さんの話をするようにうれしそうだ。

僕たちは出されたお茶を一礼してすする。

「先輩たちって、いつ頃からここに通ってたんですか」

あずみが興味津々という顔で聞く。

「そうねえ、もう、何十年も昔からよ。実はこの人も二高の弓道部でね」

そう言っておばさんは横を向いた。

おじいさんがマイペースでお茶をすすっている。その鼻頭にちょこんと乗った眼鏡が、湯気で曇っていた。

このおじいさんがまさか、母校の先輩だったとは。

「もしかして!」

あずみが急に声を張り上げた。壁にかかった写真を見上げている。写真はモノクロで、袴姿の若い成人男性が上半身裸で弓を構えていた。

「正解」

おばさんが破顔する。

「もう、五十年以上経つかしらね」

おばさんの問いかけに、おじいさんは「ああ、うう……」と答えた(?)。

「この人が弓道部一期生で、しかも主将をやってね。成人してから『至誠館《しせいかん》』で引いたこともあるのよ」

「シセイカン?」

あずみが首をかしげた。

「明治神宮《めいじじんぐう》至誠館。よく全日本が行われるところよ」

ただひたすらお茶をすすっているこの小さなおじいさんが、まさかそんな一廉《ひとかど》の人物とは……。

「これでも昔は、『鬼《おに》の川中』って呼ばれてたの。弓道の大会って、個人戦だと競射《きょうしゃ》といってね、的を外した人から脱落していって、最後まで的中し続けた人が勝ちっていうのがあるの。どの試合でも、すごい気迫で他の選手を圧倒してたわ」

「へえー、すごーい」とあずみが目を輝かせる。

「それから、このお店を出して。弓具店って昔は西部地区にはウチしかなかったから、弓引いたことある人なら、大抵この人のこと知ってるのよ」

おじいさんは相変わらず「ああ」とか「うう」しか言わなかったけれど、人間国宝に出会ったらこんな感じなのかもしれない。これからは『川中先生』と呼ぶことにしよう。

僕は勝手に、心に決める。

そのとき、壁にかかった時計がキンコーン、キンコーンと七回鳴った。

「あら、ちょっと話し込んじゃったわね。ごめんなさい。今、ご指定のものを持ってくるわね」

おばさんは畳に手をついて立ち上がると、しばらくして、お店からビニル袋をふたつ抱えてきた。片方にはたくさんの矢が、もう一方には弦やユガケが入っている。

「ふたりとも矢筒を持ってきてくれてるのね。羽が傷つかないように分けて入れてもらえるかしら」

おばさんに言われたとおり、ビニル袋から慎重に矢を取り出した。

銀白色のジュラルミンが鈍い光を放つ。矢羽《やばね》には、今にも風を切る姿が鮮明に想像できる、艶と強さがあった。

「その矢は先輩のね。イヌワシの羽よ」

おばさんが、僕の持つ矢を見て説明してくれる。

「あれ、この矢、羽がない」

あずみが金茶色の矢を掲げる。

「ああ、その羽なしの棒矢《ぼうや》はあなたたち一年生の分よ。巻き藁練習で使うのね」

「やったぁ！」

あずみが手を打って喜ぶ。

それを見て、僕もじわじわとうれしさが込み上げてきた。

おばさんがもうひとつのビニル袋からユガケを出す。

「あなたたちのよ。これをその手に挿したら、いよいよ奥深い弓道の世界に踏み込むことになるわね」

その言葉を聞いて、背中に一瞬、なにかぞくぞくしたものが走った。

おばさんの言う奥深い弓道の世界では、いったいどんな景色が見えるだろう。

注文表の品が全部あることを確認したあと、一つひとつかけ袋に入ったユガケを、持ってきた大きな袋に入れた。あずみがそれを抱え、矢筒は二本とも僕が持った。

川中先生とおばさんに深々と頭を下げて店を出る。

入ったとき以上に辺りは闇が深くなっていた。昼間の暑さがウソのように、少し肌寒い。車の行き交いがちょうど途絶え、弓具店の明かりが背中から照っているだけだ。

「もう真っ暗だね。どうする？」

家が遠い彼女を送っていこうと密かに決意しながら聞いてみる。

「バスで帰るね。来る途中にあったバス停の路線図、ウチのほうまで延びてるみたいだったから」

「じゃあ、バス停まで一緒に行くよ」

いや、家まで送ってくよ。結局いつものように、そんな肝心な言葉は出せずじまいだ。

少し歩いたところに屋根つきのバス停があった。他にバスを待つ人はいない。

ふたり並んでベンチに腰かける。

「いよいよ始まるって気がしてきたね」

あずみが空を見上げてしみじみと言う。

「楽しみだね」

この言葉は自然と出てきた。

せっかくたくさん話すチャンスがあったのに、結局あずみのことは、小学校のときに転校を繰り返していたことと中学の部活のことしか聞けなかった。

「そういえば」

ふと思い出したことがあった。せっかくだから、これだけは聞いておこう。

「なに?」

あずみが前に垂れた髪を耳にかき上げる。いつも顔をくしゃくしゃにして子リスのように元気な彼女が、しおらしく見えた。

「覚えてるかわからないけど」

思いきって言葉にしてみる。

「うん」

「新入生向けの見学会で初めて弓を引かせてもらったとき、俺、あずみのうしろにいたんだ」

あずみに面と向かって、自分のことを『僕』でなく『俺』といい、彼女のことを『あずみ』と呼んでみた。自分としてはこのうえない大胆さだ。

あずみはこちらを見ずに、膝の上で指を組んでいる。この反応のなさは、僕が名前で呼んだことを気にするでもなく、なんとも思っていないようだった。

「うん、そうだったね」

ちょっと間を置いて、あずみが答える。

「あのとき、あずみ、『時間が止まったみたい』って」

天使のような笑顔を見せた彼女の姿を、脳裏に思い浮かべる。

「時間が止まったみたい」

あずみはゆっくりと朗読するように反芻し、再びあのときと同じ笑顔を見せた。

「どんな気持ちだった？」

「ううん、言葉ではうまく言えないけど……今日、秀くんの話を聞いてて思ったの」

秀くん。初めて呼ばれた僕の名前……なんていい響きだろう。

「わたしも友達のこととか家族のこととか、今までいろいろ我慢してきて、それで、高校入ったらそういうの、全部リセットして楽しもうって思ったの。そんなときだったから、今までの時間と新しい時間の間の〝空白〟っていうのかな。そこにいる気がして」

あずみの純粋な気持ちが、僕には耐えられなかった。本音を隠して伝えた言葉に対して、そんなふうに思ってもらえるなんて……。

本当はふたりきりで話せてうれしいはずなのに。彼女と話せば話すほど、自分のイヤな部分が顔をのぞかせ、自信を失う。

少しの間、互いに口をつぐむ。

「……彼方くんてさ、なんかすごいよね」

急にあずみが声を発した。なんとなく上ずったような、興奮したような声音。

「いつもまっすぐで、自分を持ってて。目標は全国って、弓道始めたときから言ってるでしょ」

なんで急に、彼方のことを？　まさか、あずみは……。

僕は自分の嫉妬を隠すように、足元に視線を落とす。

たしかに、男の僕が見ても彼方はカッコいいと思う。顔ももちろんそうだけど、それだけじゃなくて、生き方とか、思いとか、だれよりしっかりしているから。

あずみが彼方に惹かれるのは自然なことだろう。

そのとき、こちらをライトが照らす。

「あ、バス」

あずみが立ち上がった。

僕も、ベンチに置いていたユガケ入りのバッグを持ち上げて彼女に手渡す。

「ありがと」

あずみがはにかんでうつむく。

別れ際だというのに、僕は彼方と自分を比べて、途方に暮れる。

バスが低いうなりを立てて目の前にやってきた。

僕のため息と同じタイミングで、空気の抜ける音がしてドアが開く。車内にはだれも乗っていなかった。

あずみが荷物を抱えて乗り込んでいく。そして、ステップを二段上がったところで振り返り、『バイバイ』というしぐさで小さく手を振った。すっきりとした笑顔だ。

ドアが閉まると、バスは僕を置き去りにして、再びエンジン音を轟《とどろ》かせて闇へと消えていった。

『彼方くんてさ、なんかすごいよね』

あずみが想いを寄せる相手は僕ではない。そうだろう。最初から、夏目彼方相手に僕が勝てるわけない。

残酷な事実に、体が震えた。夜の肌寒さか、空虚な気持ちのせいかはわからない。

僕はいったい、どんな顔をしてあずみを見送っただろう。

気にはなるが、思い出そうにも確かめようがなかった。

あずみとふたりで川中弓具店へ行ったあの日から、一週間が経った。

午前中の授業があっという間に終わり、昼休みになった。

ここ最近は、いつも校内の売店に惣菜《そうざい》パンを買いに行き、その足で道場裏へ向かった。

先輩たちの何人かは道場の部室で食事をとっていたため、一緒に道場へ入るのは気まずい。そこで彼方やセイタと体育館脇に回り、コンクリート上で先輩たちのことや各クラスの授業のこと、先生たちのことなんかを話しながら食べている。

しかし、今日はずっと雨だった。さすがに雨をしのぎながら体育館脇でパンをかじる物好きはいない。売店の前で僕たち三人は、「今日は教室で食べるか」ということになり、各々の教室へと引き揚げていった。

教室の窓際の一番うしろが僕の席だ。左前から苗字の五十音順に決まっていて、〝カツラギ〟という苗字は、アから始まって六人目。

晴れた日であれば、窓から遠州灘が見える最高の見晴らしだ。でも、今日は遠くの空まで霞《かす》んだねずみ色をしている。朝から激しくなったり小雨になったり、雨脚も不安定だった。今は風もなく、静かに小止みなく降っている。

買っておいたカツサンドとソーセージロールを机の上に出し、カツサンドの包装を開ける。

母は保育士で、隣の市の保育園に勤めている。毎朝五時には家を出るため、僕の弁当を作ろうという気は、おそらくない。こちらも頼んだことはなかった。

ひとり、カツサンドを頬張る。

『彼方くんてさ、なんかすごいよね』

こんなときに、くそう。先日のあずみの言葉が心の中でリフレインする。最近いつもそうだ。

あの日から一週間、なにが変わったというわけでもない。あずみは今までどおり、だれにでも明るい笑顔で接していた。僕にも気さくに声をかけてくれる。

そういえば……と、もうずいぶん過去の出来事のように思われる、部活動見学会での光景を思い返す。

初めて道場に立たせてもらった日。僕の前に立っていたあずみは、なぜだかいきなり振り返って僕を見上げた。でも、彼女はすぐに謝って体を戻すと、それから……どうした？　たしか、深くうつむいた。

あのときは動揺していたせいか、あずみはぼんやりして振り向いたのだと思い込んでいた。けれど、ひょっとしたら彼女は、自分のすぐうしろに彼方がいると思っていたんじゃないか。気になる相手、彼方が。

でも実際には彼女の背後には僕がいて、彼方は僕の立ち位置よりももっと後方に並んでいた。だからあずみは、僕を見て慌てて向き直ったんじゃないのか。

そう考えると、つじつまが合う。

それから、もうひとつ。

『あの子、いいよね』

彼方があずみの背中を目で追いながら発した、セリフ。

あのたったひと言が、今の僕の心をぎゅっと締めつけた。

僕の悶々《もんもん》とした気持ちになど構わず、時間は勝手に進んでいく。まさに、Time《タイム》 waits《ウェイツ》 for《フォー》 no《ノー》 one《ワン》. 歳月《さいげつ》人を待たず、だ。

弓道部は週末に市内大会を控え、先輩たちの練習にもいっそう熱が入ってきた。

前からすごいと思っていた主将は、鬼神のごとく的中し続けた。二十射皆中《にじゅっしゃかいちゅう》といって、二十回連続で的に矢を中《あ》てる光景も何度か見た。

そして、それに肩を並べる好成績を出していたのが、超絶美人でありながら、僕たちの間では『友達感覚の先輩ナンバーワン』の称号を得る稀有《けう》な存在、マリア先輩だ。どんどん調子を伸ばしていて、めったに外さない。

ゴム弓練習のときには彼方や僕にダジャレを言ってきたり、どの子がタイプかとしつこく聞いたりしてきたけれど、凛々《りり》しい表情で的を見るマリア先輩は、そのギャップもあってか、心からカッコいいと思う。いや、これは本気で。

一年生の練習メニューも、連休明けからバリエーションが増えている。

ゴム弓練習をしたあとは、ユガケを挿しての素引き練習だ（ちなみに、手にはめることを、『挿す』というらしい)。そして看的係を交代しながら、ふたりずつ道場内の巻き藁の前に立たせてもらうようになった。

これまで、女子は道場内のホワイトボードに○×で的中をつける係が主で、男子はもっぱら外にいることが多かった。だから、道場内に足を踏み入れるだけでもずいぶん緊張する。

足音を立てないよう、静かに巻き藁の前に立つ。ちょうど米俵ほどの大きさだ。実際に弦に矢を番える動作、引き分ける動作、矢を放つ動作は、想像していたよりずっと難しい。

「肩が少しずれてるぞ。両肩が正しく平行になるように意識しな」

マリア先輩がうしろからアドバイスをくれる。

ゴム弓練習でしてきたとおりに、肩から腕を体の左右均等に引き分ける。

「目の前に的をイメージするんだ。よく見据えて。伸びて、伸びて、伸びて」

先輩の言葉どおりに的をイメージしようとしたものの、なかなか浮かんでこない。

だってマリア先輩が僕の肩に手を触れて、『伸びて』と言いながらなでてくるのだ。

正直に告白すれば、雑念と煩悩のかたまりを打ち消すので精いっぱいだった。

だから先輩にムッツリなんて呼ばれるんだ。落ち着け、落ち着け、葛城秀。巻き藁のちょうど中心を狙って心を静めろ。

「角見《かどみ》をきかせろ！」

マリア先輩の檄《げき》で、集中力が戻る。左手親指の付け根で弓の右内側を押し続ける。

「伸びて――」

と、そこでマリア先輩の声が消えた。

黙ったのか、聞こえなくなったのかわからない。ほんの一瞬だけ、時間が止まった。そう錯覚した。

気づいたら、弦をかけていた右こぶしは、巻き藁とは反対の方向へ自然に離れている。

「いいよ、葛城。最後、とてもよかった」

マリア先輩にほめられて、無性に照れくさい。

ふと巻き藁から顔を向き直すと、前の巻き藁では彼方が引分けに入っていた。

巻き藁練習では事故防止のため、矢はふたり同時に抜くことになっている。僕はしばらく背後から彼方の射を待つ。

彼の射はとてもきれいだった。

弓道には、的前に立ってから矢を放つまでに八つの動作がある。彼方は、そのすべてを美しく行っていた。機械的ではなく、筋肉と骨格と神経の調和が絶妙なバランスで取れている。

引分けから、会に入る。弦を引ききった状態だ。

彼方は微動だにしない。まるで時間が切り取られたように、止まったままだ。もちろん、外から見れば制止しているようでも、体はじりじりと伸びている。僕の耳にマリア先輩の声が届かなくなったように、今の彼方も周りの音が耳に入っていないに違いない。自然と右手が離れた。

剣道でも空手でも弓道でも、武道には残心がある。ひとつの動作を行ったあとに、その行いを見つめ直す。彼方の残心は穏やかだ。

僕と彼方とで、そろって矢を抜き取る。

「彼方の射、いいじゃないか」と、マリア先輩がしきりに感心していた。

彼方は照れも媚《こ》びもせず、軽く口の端を上げて、先輩に一礼した。実に彼らしい。

そのあと、三回巻き藁練習をした。

次に順番を待つ人に交代しようと振り返ると、うしろにあずみが並んでいた。

「よーし、次はあずちゃんね」

マリア先輩があずみに声をかける。先輩の前で彼女となにか話すのが恥ずかしく、会釈の代わりに軽くアイコンタクトした。あずみも応えるように、ちょこっと首を縦に振る。

あの日のバス停以来、ふたりきりでじっくりと話す機会もなく（機会があっても気まずいし、話題もないのだけれど)、このとき久しぶりに、ちゃんと彼女の目を見た気がした。

くそう……。あきらめられない。あずみが彼方のことを好きだとしても。

やっぱりまだ、僕はあずみのことが好きだった。


団体戦の市内大会は、浜松二高が圧倒的な強さで優勝し、部としては最高のスタートを切った。二週間後には西部地区大会がある。

が、その前に、もうひとつのビッグイベント、中間テストが控えていた。

高校の授業は、中学とは比べものにならないほど早く進む。

合格発表の翌日には春休みの課題が出されていたのに、そのときの僕は合格の喜びに浸ったまま、さほど課題に力を入れずに入学式を迎えてしまった。しかし、入学式翌日の授業は、数学でいえば教科書の五十七ページから始まった。つまり、その前の五十六ページまでは、春休みの課題としてすべて習得していなければならなかったのだ。

授業のペースも驚くほど速い。特に気の抜けないのが数学と化学で、少しでも遅れをとったらもう二度と追いつける気がしない。

しかもここへきて、顧問の男性教諭、柊《ひいらぎ》先生から、『学年二百五十位以下の者は練習禁止』というお触れが出た。一学年三百五十名ほどなので、下位百名だ。うかうかしてはいられない。

物理の教師で、四十代に突入しても独身である柊先生のトレードマークは、白衣だ。実際、それ以外の格好を見たことがない。一説によると、もう五年以上も同じ白衣を着ているとか。弓道部の正式な顧問で、先生自身も弓道経験があると言っていたわりには、あまり道場に顔を見せない。

そんな柊先生のモットーは、二高の校訓と同じ『文武両道』だ。弓道ができても勉強ができなきゃカッコ悪い。そういうスタンスらしい。

まあ、そうはいっても練習禁止だなんて厳しい処置はハッタリだろうと、僕たち一年生は初め、高を括っていた。しかしながら、マリア先輩に聞いたところ、どうやら本当らしいとわかり、青ざめた。

『ヒイラギをナメんなよ。あいつ、独身のわびしさをわたしたちへのイビリで晴らしてくるからな。一年のときなんて、現代文と古文で赤点とって、二週間練習禁止だよ、バーカ』

我らが弓道部顧問に対して散々な言いぐさで、だれになにを『バカ』と言っているのかも意味不明だったけれど、これがマリア先輩なりの、助言でありコミュニケーションなのだろう。

そんな中、柊先生の計らいで一年生だけ日曜日の練習がなくなったため、僕たちは急遽《きゅうきょ》、図書館で追い込みをかけることにした。

セイタが発起人になり、一年生のうち、僕、彼方、あずみが集められた。一年生部員の中で、僕も彼のお気に入りのメンバーに入ったようだ。優秀すぎる彼方は直前に焦る必要がなさそうだったけれど、どうやらセイタに強引に連れてこられたらしい。

日曜だけあって、『中央《ちゅうおう》図書館』には開館直後にもかかわらず大勢の人がいた。一階はさまざまな年代の方たちでごったがえし、二階の自習室は僕たちと同じ、テストに向けて問題集を広げる学生が多い。

男子陣が私服の中、あずみだけ制服を着てきた。

「図書館で勉強っていったら、やっぱり制服じゃなきゃダメだと思って」

めずらしくポニーテールにしてきたあずみが慌てる。

「お嬢様はマジメだなあ」

彼方が白い歯を見せる。

僕は、口にも顔にも出さないよう心がけていても、内心、冷静でいるのがひと苦労だった。セイタがいるからまだなんとか落ち着きを保てていたものの、あずみと彼方、それぞれの視線を追っている自分がいる。

いやいや、そんな調子じゃダメだ……。今日は勉強しに来てるんだ。

無理やり自分に言い聞かせて、早速、空いていた席に着く。

セイタと僕が彼方から借りたノートの写真をスマホで撮影している間、彼方は椅子に浅く座って足を組み、指で鉛筆を回しながら教科書を眺めていた。一年生が最も後回しにする、難問の呼び声高い〝倫理〟だ。他の教科は既に終わっているらしい。

午前の三時間はあっという間に過ぎた。昼だけは開放的なところでのんびり食べようということになり、僕たち四人はいったん図書館を出て、そのまま近くの『浜松《はままつ》城《じょう》公園』へ向かった。

日曜の昼間ということもあり、中央広場は多くの家族連れやカップルでにぎわっている。広場の隅の木陰にみんなで車座になり、途中コンビニエンスストアで買ったパンや弁当を広げた。顔を上げれば、すぐそこに浜松城が見える。

「あー、あったかいなー、てゆーか暑ぃー。ホントは海とか行きたい気分だな」

セイタがサンドウィッチの包装を開けながら、犬のように舌を出す。

「先輩たちが聞いたら怒るよ。最後の夏なんだもん」

あずみはやっぱりマジメだ。

もうすぐ六月。東海地方の夏は早くもすぐそこまで来ている。

「マリア先輩すごいよね」

サンドウィッチを頬張りながら彼方が切り出した。僕たちが集まれば、たいていは弓の話になる。

「ひょっとして俺たちが全国行く前に、先輩たち行っちゃいそうだな」

「バーカ、貧乏くさいんだよ」

冗談ぽく言うセイタを、彼方がたしなめる。

「バカって、彼方までなんだ、マリア病かよー」

セイタが反発するものの、乙女チックにこぶしを握る姿は微笑ましい。

「今年も来年も行けばいいんだって」

彼方が空を仰ぎ、言葉を続ける。

「俺、夏って好き。なんか、生きてる感じするよな」

彼方も感傷的な目をするんだ……。

その瞳は、普段あまり見せないちょっとした悲しみを帯びているようだった。場が静まる。

「なんだよ、急に」とセイタが茶化すように笑って場を取り持つと、「ごめんごめん」と言いながらも、彼方はだれにともなく話し続けた。

「俺さ、小四から小六の間に、二年くらい内臓の病気で入院してたのね。タンパクが異常に多く出たとかで。あ、もう、今はほとんど治ってるんだけどさ。当時は学校に通えなくて院内学級だけだったから、あんまり外の世界に触れずにきたんだよ。本とかマンガばっかり読んでた」

「彼方もマンガ読むんだ」

なんだか意外な一面に驚くと、彼方が僕を見て笑う。

「秀の中の俺のイメージ、どんなんだよ。毎日すっげえヒマだったから、小説もマンガも病院にあるのは片っ端から読んだよ」

「ねえねえ、ラノベは？　ＢＬは？」

セイタが興味深げに聞く。

「残念ながらそっちの素養には乏しい」

「なーんだ、つまんないな」

「少年マンガによくある、努力・友情・勝利みたいな王道的ドラマツルギーに洗脳されまくってさ。俺の人格は強力な意思のかたまりだよ。おかげで学校生活に復帰したときにはちょっと浮き気味だったけどね」

彼方の話を聞いて、今までのことに合点がいった。

たぶん、彼方の辞書にはナポレオン・ボナパルトと同じ言葉が書かれている。そう、不可能なんてない。

「ところでさ、弓道やってる高校生って、全国にどれくらいいるか知ってる？　じゃあ、真野嬢」

彼方がクイズ番組の司会者をマネてあずみを指した。

「わたし?」

いきなり当てられて動揺するあずみを見て、僕も別の意味で動揺する。あずみと彼方が会話するだけで、なんでこんなに心がざわつくんだろう。

「千人くらい?」

彼女の回答に「そこまでマイナーじゃないって」と彼方が笑う。

「じゃあ、十万人」

「今度は多すぎ」

「えー、んん……わかんない」

「年にもよるけど、ざっくり言って千九百校、男女合わせて六万四千人くらい」

知識をひけらかす素振りもなく、彼方は優しげに答える。

「へえ、けっこういるんだ」

みんな純粋に驚く。

「トップ狙うんなら、千九百分の一。マイナースポーツだからって侮れないぞ」

彼方に数字を言われると、前にお好み焼きを食べながらノリで話していた『全国』というのも、その道の険しさが実感できる。

「まあ、目標をリアルに感じろってのも、病院で読んだ本の受け売りだけどね」

彼方が白い歯を見せた。

直前の図書館での追い込みが奏功したのかはわからないけれど、僕の中間テスト結果は学年二百二十位で、なんとか柊先生に提示されていたラインに滑り込んだ。といっても、がんばったはずの数学と化学は振るわなかった……。

彼方は、僕の『何位だった？』の問いに『三位』とさらりと答え、みんなに驚きを与えた。あずみが三十位前後で、セイタが百五十位だった。みんな、やるじゃないか。

『相変わらずおもしろみのないヤツらだな。ひとりくらい練習禁止になれよ、バーカ』

これは聖母の名を騙《かた》った毒吐魔《どくはきま》、そう、マリア嬢の弁だ。

とりあえず練習禁止にならずに済んで胸をなで下ろす。

さあ、いよいよ高校総体、地区予選だ。

第二章　マリアの涙

六月。市内大会に続き、西部地区大会も『可美公園《かみ》』にある、『浜松市弓道場』で行われる。

周りをたくさんの緑で囲まれており、自然の中の弓道場として人気があった。僕もここが好きだ。

現地集合だったので、家から直接向かい、駐輪場に自転車を置いて敷地に入る。

すると、道場から少し離れた散策道に、ジャージ姿の彼方が立っていた。

あんなところでどうしたんだろう。

僕の立ち位置から数メートル離れているうえ、茂みに覆われていて、よく見えない。目を凝らすと、彼方の前に、こちらには背を向けてだれかが立っている。

僕はドギマギしながら茂みに近寄る。

袴姿の女子だ。背中越しで顔はわからない。髪は肩につくかつかないかくらいのショート。細身で長身の、モデルのようなスタイルだ。

道衣からすらりと伸びた白い腕は細く、弓など引けるのだろうかと勝手に訝《いぶか》ってしまう。ただ、だからといって、か弱い乙女という形容は似合わない。背筋がピンと伸び、うしろから見ても凛としているのがわかる。

ああいう女性は、私服のときでも妙に華やかに着飾ろうとはしないのだろう。なぜなら、立ち居振る舞いのしなやかさで人の目を惹きつける術《すべ》を知っているから……って、僕の観察眼は妄想でしかないのだけれど、なんとなくそんな気がした。

彼方は彼女となにか話している。時折、笑顔も見える。とはいえ、だれに対しても自然体な彼方だから、相手が初対面なのかどうかわからない。

ひょっとしたら、他校の女子にいきなり告白されたのか？　まさにその瞬間だったりして。二高の女子たちがハイスペックだともてはやす彼方だったら、ありえる展開だ。

茂み越しに様子を窺っている自分がとても哀れな存在に思えて、急に恥ずかしくなる。僕は踵《きびす》を返し、道場に向かった。


団体戦は男女混合で、一チーム五選手が出場する。ひとり四射、チームで二十射の矢を射る行射《ぎょうしゃ》を二セット行い、地区大会では合計四十射の的中数（同数の場合は、競射といって延長戦のようなものがあるようだ）で上位四校が県大会に進む。個人戦も団体同様に、ひとり合計八射し、上位八名が県大会出場となる。

一年生の僕たちは、先輩たちの応援に全力を注いだ。

先輩たちのチームは、一回目の行射が合計十四中《ちゅう》。出場する先輩たちのうち、四名の的中率を見れば、かなり的中している。

しかし、残るひとり――レギュラーで出ていたマリア先輩が、すべて外した。

この日のマリア先輩はいつもと違った。弓を引き分けてから矢を放つ動作——離れまでの時間が、まったくないというくらい短い。的に狙いを定めて心を落ち着ける動作を飛ばして、引き分けた瞬間に矢を射てしまっていた。

弓道の世界では、これを〝早気《はやけ》〟という。

『バーカ、ハヤケはダメだぞ。心を落ち着けて、体が伸びてる感覚をつかめよ』と、マリア先輩には練習中、散々言われてきた。

僕たち一年生は、他校の行射が始まってからもどうしていいかわからず、矢道の隣の応援席を兼ねた芝で、四人で立っている。先輩たちは二立目《ふたたち》——つまり二回目の行射に向けてのミーティングをすると言い、少し前に的場の裏へ移った。

「マリア先輩、どうしちゃったのかな」

あずみが顔を曇らせる。

「先輩目当てのカメラ小僧がうじゃうじゃいるから集中できないとかじゃないの？」

セイタが場の重い空気を無視するかのように、あっけらかんとした声を挟んだ。

たしかに、金髪でスーパーモデル並みのプロポーションをした女子高生の袴姿は、既にこの地域では広く知れ渡っている。市内大会のときも報道陣が押し寄せたのかと見間違えるほどの人だかりだった。

「マリア先輩がそういうのに動じないってことくらい、セイタが一番わかってるだろ」

彼方が諭すと、セイタはしょんぼりとうつむいた。

「俺たちには計り知れない、勝負の厳しさとかあるんじゃないかな」

僕はみんなを見回す。

まだ的前にすら立っていない自分たちが、ここでどうこう言っても始まらない。僕はマリア先輩のことが好きだ。人間としても、先輩としても。絶対成功してほしい。中ててほしいし、勝ってほしい。だから……。

「とにかく全力で応援しようよ」

僕の言葉に、みんな力強くうなずいた。

先輩たちの出番が近づき、それぞれの持ち場に移動する。セイタは芝からの応援に残り、僕と彼方、あずみの三人は、看的所へと入った。道場内から見えるように看的板で○×を表示したり、矢取りを行ったりする係になっていた。

あずみが一緒だったことはうれしいものの、彼方もいたので落ち着かない。

そんな思いを顔には出さず、立ち位置を探す。狭い小屋のため、人が三人も入ればずいぶん窮屈なのだ。

男子はみんなジャージなのに対し、女子は道場内での記録係も担当していたため、制服を着ている。六月に入ってつい先日から夏服になった。ブラウンだった冬服と違い、同じ制服でも薄手の白い生地が新鮮だ。

「マリア先輩、ファイト」

あずみが祈るようにつぶやく。

「人間万事塞翁《じんかんばんじさいおう》が馬《うま》」

看的所の小さなガラス窓から道場をのぞきながら、彼方がつぶやく。

「ん？　バンジー？　ウマ？」

あずみはよく聞き取れなかったようで小首をかしげる。

「ジンカンバンジ、サイオウガウマ」と、彼方がゆっくりと反芻する。

「人生、いいときや悪いときがいつ来るかなんて予測できない。故事成語だよ」

「人間万事塞翁が馬」

あずみも声に出してみる。

「彼方くんて、いろんなこと知ってるんだね」

僕の胸がチクチクと痛む。

「それくらいみんな知ってるよ。お、二立目が始まる」

彼方がガラス窓から顔を戻す。

「えー、知らないよ」というあずみの言葉に、彼方は「真野だけでしょ」と答えた。

いや、実は僕も知らない……とは言わないことにした。

二高メンバーが入場した。

射位に五人が並ぶ。先輩たちは表情をいっさい変えない。

マリア先輩もじっと正面を見据えている。

周囲の緑から鳥たちのさえずりが聞こえる。サッカーや野球と違って応援団はないが、この静かな空間こそ、勝負の世界にふさわしい気がした。

五選手の一番手、大前《おおまえ》と呼ばれるポジションの主将が、ゆっくりと弓を打ち起こす。

いよいよ始まった。

主将は左こぶしを的のほうへ向け、呼吸を整える。僕もその間にひと呼吸した。

まっすぐに的を見据え、観る者に弓の重みを感じさせず、静かになめらかに引き分けていく。左腕と右肘が、力みもゆるみもない絶妙なバランスで伸びる。唇の辺りで矢が止まり、僕たちからは主将が静止したように見えた。

一秒、二秒、三秒、四秒、五秒、六秒、七……。

まぶたを閉じた瞬間、矢は放たれていた。スパン、という、的を射抜くなんとも心地よい響き。

「よーし！」

僕たちは、お腹の底から声を出した。彼方がこぶしを握る。

芝生には、試合に出ていない先輩たちとセイタたち一年生が並んでいた。みんな、胸の前で祈るように両手を組んでいる。

二的《にてき》——二番手の先輩も、安定した射で的を射抜いた。

僕たちの「よーし！」というかけ声と同時に、マリア先輩の打起しが始まる。

看的板に触れていた自分の手が、びっしょりと汗ばんでいることに気づく。息ができない。心臓の鼓動が鼓膜まで伝わってくる。

いつも僕たちのことを考えて、毒舌ながらいろんなアドバイスをしてくれるマリア先輩。黙って座っていたら世界中で活躍できそうなほどの美人なのに、気兼ねなく笑い合えるマリア先輩。絶対に中ててください……。

いろんな思いが湧き出し、心の中で念じる。

マリア先輩が、ゆっくりと引分けに入った。震えはない。練習のときと同じで、落ち着いている。

頭上から下ろしてきた矢が、瞳を通過し、鼻を通って、口元に降りていき……なのに最後の最後で、静止することなく矢が飛び出した。

十分に引き分けて伸びなければ、矢に力は宿らない。マリア先輩の矢は的の手前で地面につき、少しはねて的枠の外の安土に刺さった。

試合で的中しなかったときは言葉を発しない。そのまま次の選手の射を見守ることになっている。的を向いたまま弓を倒すマリア先輩の表情は、いつもどおり気丈だった。

「次は信じてますよ、マリア先輩」

彼方が息を飲む。

そのあと、他の先輩たちが的中を重ねていく中、マリア先輩がまたしても外す。今度も、矢が口元に降りてから、一秒ももたずに離してしまった。

他のチームの成績次第では、これ以上マリア先輩が外すと、県大会出場も危ない。だけど、歯がゆさを噛み殺して見守るしかなかった。

呼吸が苦しい。傍から見ているだけでここまで苦しいのだから、今あそこに立っている先輩たちはどんな心地なんだろう。これが、勝負の世界なのか。

四巡目、主将の皆中に会場全体が湧く。他校の観衆も一体となっていた。次の先輩も中てる。再び「よーし！」という力強いかけ声が響き渡る。

そして、マリア先輩。高く打ち起こした弓を、ゆっくりと引き分けていく。

何十ものカメラに捉えられ、静寂がマリア先輩を迎える。

矢がすすーっと顔の横を降りていく。そして、行こうか戻ろうかと逡巡《しゅんじゅん》するように、じりじりと口元で上下に振れる。

一秒、二秒、三秒――。

マリア先輩の右手が弦を離し、うしろへ伸びた。

中《あた》れ！

しかし、僕たちの心の声はマリア先輩の矢には届かなかった。的からこぶしふたつ分ほど右に逸れて安土に刺さり、力なく矢尻が垂れた。

すべての高校の行射が終わり、順位が出た。

二高は競合チームを一中差でなんとかかわし、四位。薄氷を踏む思いで、かろうじて県大会出場を手にした。

既に先輩たちは、ミーティングを行うため、ひと足先に高校へ戻っている。僕たち一年生は手分けして的をとり、安土を均《なら》したり、道場の雑巾がけを行ったりした。

道場の清掃が終わって玄関に向かおうとしたとき、道場奥の畳の部屋から川中先生とおばさんが出てきた。

「あら、葛城くん」

おばさんは僕の名前を覚えてくれていた。川中先生は、もごもごと口を動かして顔の横で手をひらひらさせた。

「先日は貴重なお話をありがとうございました。先生たちも朝からご覧になっていたんですか」

「ううん、後半から。二高の二立目くらいからかしら。来賓席で見させてもらったわ」

おばさんはいつもと変わらず穏やかな笑みを浮かべている。

「みんな、やっぱりすごかったわね。あの子たち、いつも以上に集中できてて上出来だわ」

「ええ、先輩たち本当にすごいです」

心からそう思う。

「マリアちゃんもよくがんばったわ」

「え、ええ……」

マリア先輩は、全然中てていないのに……。

おばさんがどういう意図でそう言ったのかわからず、ただ曖昧にうなずく。

「本当は彼女と直接話したかったんだけど、もう高校に戻っちゃったみたいね。お願いをひとつ聞いてくれる？」

僕が戸惑っているように見えたからか、おばさんがすぐに続けた。

「そんな大きなことじゃないの。ウチの人がマリアちゃんに宛てて、どうしても一筆書きたいって言うから。今そこの部屋で墨と筆を借りて書いたのよ」

川中のおばさんは僕の手を取り、その上に茶封筒を置いた。

川中先生がマリア先輩に？　先生はいったいどんな言葉を書いたのだろう。

受け取った封筒をまじまじと眺める。

「あの、僕からでいいんでしょうか」

その言葉におばさんが笑う。

「今まで何十回とウチのお店に来てもらってるのにね。なんかこういうときって、直接だと照れるのよ」

僕はおばさんの隣の、川中先生を見た。

先生は、今にも鼻頭から落ちそうな眼鏡を直そうともせず、ニヤリと笑う。丸めたティッシュが手を離したとたんに少しずつ開きかけるような、皺くちゃながら穏やかな笑顔だ。

先生は、マリア先輩になにを伝えるんだろう。

ふたりに一礼してから、預かった封筒を制服の内ポケットへ収めた。

道場を出ると、彼方とセイタが待っていた。

「おう、遅かったじゃん」

彼方は背負った四本の矢筒を、体をよじって僕に見せる。セイタの足元にも、大きめのスポーツバッグがふたつとクーラーボックスが二箱置いてあった。僕たち三人がタオルやドリンクなどを学校に持ち帰る係だ。

空の半分が茜色《あかねいろ》に染まり、残りの半分は薄暗く見える。

スポーツバッグを自転車の前かごに立てて入れ、クーラーボックスを背中に提げた。セイタも同じような格好をした。

三人とも、自転車を引きながら並んで歩く。

「先輩たち、やっぱすごいな」

彼方が空を見上げながら笑みを浮かべた。

「カッコよかったなー。俺もあんなふうになりたいよ」

セイタが夢見る乙女のように、うっとりと感慨にふける。

「でもさ……」

彼方が真顔になった。

「マリア先輩、どうしちゃったんだろうな。練習であんなに中ててたのに」

あまり触れてほしくない話題だった。思い出すだけで悔しさがよみがえる。

「マリア先輩は、あれだよ」

セイタが『知っている』という口ぶりをした。

「なに?」

あれって、なんだ。

「俺、二年の先輩たちからちょっとだけ聞いたことがあるんだよね」

「なんだよ、はっきり話せよ」

おでこをかきながら言いよどむセイタに、彼方が焦れる。

「練習横綱」

セイタが苦笑いをした。

「どういうことだよ」

彼方は、はっきりと意味が飲み込めていないようだ。

セイタが困った顔をして僕と彼方を見る。

「試合前だったから先輩たちもあんまり口に出さなかったみたいだけどさ。一年のときからマリア先輩、練習では中てるけど試合に弱かったらしいよ。だから『練習横綱』って呼ばれてたって。口は悪いけど基本マジメだからさ、練習で中っている以上、レギュラーにするしかないんだよ。試合で外すのわかってるなら、無理してがんばらなくていいのにね」

「おい、言いすぎじゃないか?」

彼方がセイタの悪態に眉をひそめる。

「変な意味じゃないよ。マリア先輩、美人だしプロポーションもいいから、立ってるだけで画《え》になるじゃん。十分ウチの学校の広告塔になってるし」

そのあともセイタはなにかしゃべり続けていたけれど、僕の耳にはもう届いていなかった。背中と頭が一気に熱を持ち、怒りが湧き出す。こんな経験は初めてだった。

「お前、マリア先輩の気持ち考えたことあるのかよ!」

僕は引いていた自転車のハンドルを放し、セイタの胸ぐらをつかんだ。背後で派手に自転車の倒れる音がする。

「なんだよ、全然中んないんだからしょうがないじゃん」

セイタも僕の腕をつかんでくる。

「そういうこと言うな！」

力任せにセイタを押す。向こうも僕にしがみつく。無理に引き剥がそうとすると、今度は腕の自由がきかず、覆いかぶさるようにしてセイタの上に倒れ込んだ。提げていたクーラーボックスが地面にぶつかり、衝撃でふたが取れて中の氷や保冷剤が飛び散った。

セイタの手の平が僕の頬を打つ。僕もセイタの体にこぶしを当てた。どういう体勢でどこを殴ったかはわからない。背後から彼方の手が伸びて僕とセイタを引き離そうとしているようだったけれど、自分では歯止めがきかない。

コンクリートに体を擦りつけながら、僕もセイタも、言葉にならない叫びを交わした。

翌日、登校するとすぐに、柊先生に呼び出された。

セイタが左頬に大きなガーゼをして教室に現れ、クラスがざわついたのを先生が聞きつけたらしい。そういう僕も、顎に絆創膏《ばんそうこう》を貼っている。昨日セイタともみ合って倒れたとき、地面で擦りむいた傷を隠すためだ。

やっぱり、セイタとケンカしたこと、バレたか……。彼方はセイタの背中をさすってなだめると、荷物を預かり、そのまま帰宅させた。

昨日、セイタはあの場で派手に泣きじゃくった。彼方はセイタの背中をさすってなだめると、荷物を預かり、そのまま帰宅させた。

僕は彼方と一緒に高校まで戻ったものの、弓道場には行かなかった。運んだ荷物は駐輪場の脇で下ろし、あとは彼方に託した。顔には傷もできていたし、なにより柊先生やマリア先輩に会うのが気まずかったのだ。

入学してから初めて入った職員室には、印刷物のインクが湧き上がるような、独特の匂いが漂っていた。

白衣の柊先生は席に着くと、「まあ、座りなさい」と僕にも窓際の席を勧める。机の大きさと配置からして、教頭先生か学年主任クラスの先生が座っているのであろう、肘つきの椅子だ。

「セイタには先に事情を聞いたよ」

柊先生は怒っているというふうではなく、いつもどおりの穏やかな顔をしている。

「葛城くん、お前さんは今回のこと、どう思ってるんだ」

どう、と言われて口ごもった。つかみかかるなんていいことじゃない。そんなことはよくわかっていた。でも、マリア先輩のことを侮辱されて、黙っているわけにはいいかない。

「マリア先輩は県大会には出られるんですか」

僕はしぼるように声を出す。

「質問に質問で返すのは、大人の世界ではマナー違反だぞ」と柊先生が笑う。

「セイタは十分に反省している。彼だって心の底からマリアを蔑んだわけではない。おそらく悔しかったんだろう。好きな先輩なだけに、結果が受け入れられなくて、それでつい悪く言ってしまったんだと思うよ」

冷静に考えれば、たぶんそうだ。セイタが心からあんなことを言うヤツじゃないことくらい、知っている。僕と同じように、もどかしかったに違いない。

「三日間の自宅謹慎」

柊先生が前傾になって僕の顔を凝視する。

「えっ」

僕はつばを飲む。

「本来はそれくらいのペナルティだが、今回は大目にみよう。自分のためではなく、他人のために熱くなれる人間ってのは、今どき貴重だからな」

柊先生が顔をほころばせて、白い歯を見せる。

「ありがとうございます！」

僕は椅子から立ち上がり、深々とお辞儀した。先生の温かさに涙腺がゆるむ。

「その代わり、セイタとはすぐに仲直りしなさい。『弓を引く者、たくましい精神を探求せよ』だ。だれの言葉か知ってるか」

「知りません」

頭を下げたまま答える。

「わたしだ」

先生は僕の後頭部をコツンと小突いた。

一礼して職員室を出ると、マリア先輩が廊下の柱に背をもたれて立っていた。僕に気づいた先輩は、バツが悪そうに頭をかく。

「先輩、どうしてここに」

「バーカ。葛城こそ、なにしてんだよ」

マリア先輩が僕の顎に貼られた絆創膏に触れる。

「痛っ」

「悪い！」

マリア先輩が急いで手を引く。いつになく、しおらしい。

僕とセイタがマリア先輩のことでケンカしたこと。それが原因で僕が柊先生に呼び出されたこと。先輩はすべて知ったうえで、僕を待っていてくれたんじゃないか。

僕を気にかけるような先輩の眼差しに、そう感じずにはいられなかった。

「すみませんでした」

僕は素直に頭を下げた。

「な、なんでわたしに謝るんだよ。葛城とセイタの問題だろ」

マリア先輩が強がる。

「すみません……」

「だから謝るんじゃないよ、バカ」

「はい……」

「で、ヒイラギ、なんだって？」

先輩は僕の処遇を心配してくれているのだろう。

「今回は大目にみるって」

「へえ、そうか」

一瞬、マリア先輩の頬がゆるんだように見えたけれど、後輩にそんな顔はさらせないとばかりに、すぐにマジメな表情を作り直した。

「県大会前なんだから、変なごたごた起こすなよ」

「すみませんでした」と言ってから、また謝っていることに気づく。

「だからー、何度も、お前は」と、案の定、先輩から指摘された。

先輩は廊下を横切り、僕に顔を見せないように窓からグラウンドを眺める。金色の髪の先が、ふわりと浮く。

「謝るのはわたしのほうだよ」

僕はじっと、マリア先輩の背中を見つめる。

「わたしがふがいないもんだから、みんなに心配かけちゃって……ごめん」

「謝るなって言っておいて、それはないですよ」

おどけてみたけれど、先輩は笑わなかった。

マリア先輩は振り返り、右の頬にかかった髪を耳にかけ直す。

「県のメンバー、外れたよ」

なぜかキザな言い方だった。精いっぱいの虚勢なのかもしれない。

「なんでマリア先輩が外れなくちゃいけないんですか。ずっと調子よかったじゃないですか」

「練習ではね」

先輩が視線を落とす。

「練習でがんばってきた人、結果を出してきた人が試合に出るんじゃないんですか」

僕は語気を強めた。

「それは違うよ、葛城。試合で勝つために練習してるんだから」

「でも……」

勝つために練習してきた先輩は、試合で結果を残せなかった。そんな先輩にどんな言葉をかけてよいのかわからず、僕は声を詰まらせた。

「わたし、腕細いでしょ。女子にはうらやましがる子もいるけど、ホントはもっと力をつけたいって思ってた。重い弓が引ければ的中率も上がるんじゃないかって。筋肉増強剤とか考えたこともあった」

「本気ですか」

「ウソ」

先輩がいたずらっぽく微笑む。

「からかわないでくださいよ」

「そんなのいらないから、代わりに緊張しない薬とかあったらいいのになって……これは真剣に考えたね。でも、そういうのもドーピングになるのかな」

これは先輩の本音なんじゃないか。そう思うと、なんと言葉を返していいのかわからない。

「なーんてな。葛城、あんたたち一年ももうすぐわかるよ。実際に弓引いて試合に出てみな。いろんな人のいろんな思いがわかるようになる」

マリア先輩が並びのよい白い歯を見せて笑う。

「まあ、がんばれ」

先輩の『がんばれ』には、声に気持ちがこもっていた。僕へのエールと、もう半分は自分へのエールだったに違いない。

「そういえば……」

そこで、川中先生から手紙を預かっていたのを思い出した。忘れてはいけないと思い、制服の内ポケットに忍ばせていた茶封筒を差し出す。

「なに、それ」

先輩が眉に皺を寄せて訝しむ。

「試合のあと、川中先生とおばさんから、マリア先輩にって預かりました」

「中身は？」

「いえ、封がしてあって、読んでません」

そのまま封筒を差し出す。

マリア先輩は慎重に封筒の口を破ると、中の手紙を取り出して開いた。途端に、先輩の顔がほころぶ。

「なんて？」

聞いていいものか迷ったけれど、内容が気になった。

「んー」

マリア先輩が手紙から顔を上げる。

そのとき、始業のチャイムがグラウンドに響き渡った。

「一限始まるよ。じゃあね」

先輩はそう言うと、手紙をポケットに押し込み、廊下を走っていく。ちょうど職員室から出てきた先生に「こら、走るな！」と注意され、途中から早歩きになっていた。


一限から四限まで、中間テスト後もまたいつものように授業が進んでいく。

僕は先生の板書を必死にノートに写した。しかし頭の隅のどこかでは、昨日の試合のことを考えている。

『試合で勝つために練習してるんだから』

マリア先輩はさらりと言ってのけたけれど、じゃあ、試合で勝てない人間は練習する意味がないということか。

中学時代、ほとんど試合に出ることのなかった僕は、新たなチャレンジをしたいと思って弓を選んだ。ここで成功したいと強く感じている。

でも、マリア先輩の言葉はプレッシャーにも感じられた。試合に勝てなければ、すべては無駄になるんじゃないか。そんな不安ばかりが膨らむ。

ノートに写した数式のように、きれいなバランスと明確な答えがあればどんなに楽か。スポーツに限らず、〝報われない努力〟というのはあるかもしれない。マリア先輩は今、なにを思っているのだろう。

昼休みになっても、体育館裏へは行かず、教室に残ってひとりで惣菜パンを食べた。さすがに昨日のことがあったので、セイタと顔を合わせるのが気まずい。

ベランダから、青々と葉を茂らせた木々が見える。もう夏だと訴えるように、日差しが容赦なく照り込んでくる。

ぼんやりとバタートーストをかじっていると、うしろのドアから「秀くん」と声が聞こえた。振り向くと、あずみがセイタの腕を引いて、つかつかとやってくる。セイタは横を向いて顔をしかめながら、頭をかいている。その頬には、やはりまだ大きなガーゼが貼られていた。

なんで、あずみがセイタと？　状況が飲み込めない。

「ほら、謝って」

あずみがセイタの背中を押して僕の前に立たせる。セイタはまだ顔を背けたまま、視線を落としている。

「はーやーくー」

あずみがセイタの背中をちょんちょん突いて促す。

僕は手にしていたバタートーストを袋に戻し、座ったまま体をひねってセイタに正対した。

「昨日のことだけどさ……」

セイタがぼそぼそと、喉の奥からしぼり出す。

「ちょっとー、秀くんに謝りたいって言ったの、セイタくんのほうでしょ。男の子だったらはっきり言おうよ」

うしろで手を組んでいたあずみが口をとがらせた。

「わかってるよ」

セイタが覚悟を決めたように僕を見る。

「昨日はごめん。俺も本当は悔しかったんだよ。マリア先輩ってすごく口が悪くて、きれいすぎて、胸ばっかり大きくて、でもいっつも俺たちのこと考えてくれてて、大好きなんだよ。そんな先輩があああいう結果になっちゃって、だから悶々としちゃってさ。それでつい……」

僕は立ち上がり、頭を下げたセイタの肩に触れる。

「こっちこそ、ごめん」

セイタがゆっくりと顔を上げる。その目は潤んでいた。

「また、今までどおりよろしく」

照れながら言ったところで、セイタの肩越しに、うしろでニヤニヤしているあずみが見えた。

僕たちのやりとりを聞いていた周りの男子たちが、「よっ、青春！」「仲良くね！」などと囃《はや》し立てたけれど、そんなことは僕もセイタもまったく気にならない。

「うらやましいだろー」

セイタは茶化してきた男子たちに向かって叫ぶと、入ってきたときとは打って変わって、背筋を伸ばして教室を出ていった。

あずみは「ちょっと話していい？」と尋ねながら、既に僕の前の席に腰を落ち着けている。

机を挟んですぐ前に、好きな子がいる。ただそれだけで心拍数が上がった。

「どうしたの」

平静を装って、なるべく自然に声を出す。

「んー。前にも話したけど、わたし、お父さんの転勤で、小学校のときはいろんなとこに住んでたのね」

急になにかと思ったけれど、川中弓具店に行く途中に話してくれたことを思い出した。

「札幌行ったり、横浜行ったり、せっかくクラスの友達と仲良くなっても、やっと親友になれたかなって思った頃に引っ越しが決まっちゃって」

「子ども的にはけっこうきついね、それ」

「うん。引っ越しが決まったときって、だいたい学校から帰ると気づくの。お母さんの料理がいつもの二倍くらい豪華になるから。三コ下の弟は無邪気に喜ぶんだけど、わたしはなんか、そういうのでごまかされないぞって思っちゃって、あんまり好きじゃなかったな。銀行マンの娘に生まれた運命って思うしかなかった」

あずみは肩を落として微笑む。

「で、食事中は決まってお父さんの一方的な話ばっかり。社会に出たら、感情に流されるんじゃなくて常に論理的に考えることが大切なんだって言いだすの」

「弟くんは引っ越したくないって言わなかったの？」

小学生なりに思うこともあったんじゃないかと推測した。

「まだ小さかったせいもあるだろうけど、よっぽど世渡り上手。全然感傷的にならないし、引っ越した先ではわたしよりずっと早く、たくさんの友達を作るの」

言いながらその当時のことを思い出したのか、あずみはひとりで頬を膨らませる。

「今でも、何回も引っ越ししたの、イヤだったって思う？」

「ううん」

彼女は大きくかぶりを振る。

「今はね、お父さんの苦労だったり、いろんなこともわかるし。それに、小さい頃から何回も引っ越しを繰り返してきたけど、だからこそいろんな子と知り合えたし。もちろんイヤなこともたくさんあったけど、でも……」

そこで、ひと呼吸置いた。

「でも？」

「今、この学校に来てすごく楽しいから、ホントによかったって思ってる。小学校のときの先生がね、進みたい道は自分で選ぼうって言ってたんだけど……わたし、自分が選んだ道だけが正しいわけじゃないって思うの。他人から示された道とか偶然見つけた道にもよさがあって、それが仮に、今はつらいなって感じる道だとしても、もっと先にステキななにかがあるかもしれないじゃない」

澄んだ瞳が長いまつげに隠れる。

「マリア先輩の進んでる道も、同じじゃないかな」

あずみがこぶしを握りしめる。

彼女の言葉には、万感の思いが込められているようだった。

「勝ち負けじゃなくて、どれだけ自分の世界を創り出せるかってことには、区切りとかゴールとかないんじゃないかな」

あずみはふうーっと息をついて、自分の頬をぺんぺんとたたく。

「とにかく、秀くんがマリア先輩のことでここまで熱くなれるの、人としてステキだと思う」

僕の耳たぶは、おそらく火を噴くほどに熱くなっているはずだ。

「なーんて、えらそうなこと言っちゃった。上から目線だよね、ごめん。でも、わたしもちゃんと自分を持たなきゃって思ったよ」

彼女は「よいしょ」と席を立つとスカートの裾を直し、「じゃあ、行くね」と言って教室を出ていった。

僕はあずみの小さな背中をぼんやり眺める。

ずっと彼女のそばにいられたら。そんな思いが、心の底からじんわりと湧いてくるのがわかった。


七月の県大会。団体メンバーからマリア先輩が外れ、代わりに控えだった他の先輩が加わった。

行きの電車でのマリア先輩は、二年生の先輩たちを笑わせたり、飲み物を配ったりしていた。もちろん、出場するメンバーを少しでも盛り立てようとして、だ。

自分が試合に出られない悔しさをおくびにも見せず、ムードメーカーに徹しようだなんて、本当にすごい先輩だと思う。

結果、浜松二高弓道部は県大会で準優勝。八月上旬に『伊勢《いせ》神宮《じんぐう》弓道場』で行われた東海大会に進み、ここでも準優勝。全国は逃したものの、道場の棚にまたひとつ、団体戦のトロフィーが増えた。

そして、伊勢神宮組の先輩たちが帰ってきた日の夜。

部員全員が柊先生に引き連れられて、学校の近くの焼肉屋へ集まった。

店長が先生の幼なじみらしく、そのよしみからか、店はすべて貸しきりなうえに、いろんな種類の肉が豪勢に振る舞われた。

「みんな、ほんっとーによくがんばった！　二高弓道部に、カンパーイ！」

主将のかけ声で、いっせいにジュースやウーロン茶が掲げられる。団体戦準優勝という結果を悔しがる先輩もいれば、よくやったと称える先輩もいた。

学年ごとに席が割り振られたため、一年生の鉄板では彼方とセイタの肉の取り合いなんかもありつつ、先輩たちも僕たちも、みんなよく笑った。

三年生は、これでいよいよ部活動を引退し、大学受験の勉強に専念する。会の後半になると、先輩たちはときどき思い出話を語ってはしんみりとした。中には泣きだす先輩もいて……。

「二高弓道部員の名に恥じないよう、これからなおいっそうの練習に励み、先輩たちの強さ、たくましさ、優しさ、凛々しさを、僕たちも身につけられるようがんばります！」

普段は陽気な二年生の新主将も、この日のスピーチは真剣だった。

湧き起こる満場の拍手。

最後は、マリア先輩のかけ声で三本締めだ。いつもは白く透き通る先輩の頬が紅潮している。

クォーターという血筋と金髪で、しゃべらなければ近寄りがたいほどの美人であるマリア先輩。

しゃべったらしゃべったで毒舌で、いつもあっけらかんとして、男勝りだったマリア先輩。

だれよりも練習熱心だったマリア先輩。

ムードメーカーだったマリア先輩。

大事な試合で力を出せなかったマリア先輩。

それでも明るく振る舞ったマリア先輩。

マリア先輩の三年間が今、終わる。いったい、どんな思いだろう。

僕はまばたきもせず、じっと先輩を見つめる。

「よぉーおっ！」

声をあげた瞬間、マリア先輩の目から涙があふれた。そしてそれは頬を伝い、顎から床へ、ぽたぽたと垂れていく。けれど、先輩はぬぐうことなく手を打ち続けた。

第三章　夏のシンクロ

三年生の先輩たちが引退した翌日。

僕たち一年生の道衣デビューだ。これからすべての練習は道衣を着て行う。下は袴に、足には足袋《たび》。外へ出るときは雪駄《せった》だ。

一年生全員、道場にそろった。右手にユガケを挿し、左手には弓を持つ。

ゴム弓、素引き、巻き藁練習と経験を積んで、初めて的前に立つ。ようやくというか、ついにだ。

入部して初めての、的前での行射。緊張のせいかユガケの下につける白い布——下《した》掛《が》けが、すっかり汗ばんでいる。

先輩たちが見守る中、一年生がひとりずつ射位に立つ。

彼方は相変わらず堂々としていた。巻き藁練習のときの射型をまったく崩さず、きれいに引き分け、的を射抜く。

矢取り道でそれを見ていた僕たち一年生は、いっせいに「おおーっ」となった。

二番目に射場に立ったのはセイタだ。ナルシスト気味の彼は、みんなに見られているという過剰な意識からか、動きがぎこちない。道衣の上からでも肩の筋肉のこわばりが見てとれる。顎を上げたまま引き分けたため、放った矢は的のはるか上に飛んだ。

そんなセイタは、残心の間に顔をしかめたため、先輩たちから叱られていた。

僕たちはこの数カ月間、実際に矢を放つことなく、ずっと射法八節の型を体に染み込ませるための練習をしてきた。

さあ、いよいよ僕の番だ。

先輩たちが練習で行っているように、すり足で射場に立つ。そして、両足でしっかりと床面を捉える。弓を正面に立て、ゆっくりと矢を番えた。

他の一年生たちが、背後でどんな表情をしているかはわからない。でも、みんなが自分に注目しているだろう。そんな思いが頭をよぎった瞬間、いつも何気なく行っている小さな動作が、ひどく難しく感じられた。

左手で持った弓を左膝の上に立て、右こぶしは軽く握って腰に当てる。

グラウンドから、金属バットがボールを打つ音が聞こえた。

背筋を伸ばし、ふうーっと深く息を吐く。ユガケを挿した右手の親指を弦にかけ、人差し指と中指を矢に添える。他の二本の指は軽く握る。弓を持つ左手の中指と薬指の先を小指のそれにそろえ、しっかりと締めた。

道場の周りの木々の葉がさわさわと揺れ、久しぶりに肌を冷やす心地よい風が吹き込む。

顔を的に向けると、視界の端に彼方やあずみたちの姿が入る。みんな、声ひとつ発せず僕を見ているようだった。

丸太を抱えるように両肘を張り出す。両こぶしを静かに、水平を保って額のやや上まで上げた。ここで肩の力を抜き、右肘はそのままに、左手で弓を押し出す。左手と右手は水平のままだ。

　空は雲ひとつなく真っ青に澄み渡っていたけれど、対照的に安土は影になり暗い。そこにかかった霞的《かすみまと》の、白いふたつの輪と中心の円だけが際立つ。

　左こぶしを的の中心へと押し進める。引き分けながら肩を入れ、胸を押し開く。右のこぶしは、ちょうど耳の裏をなぞるように降りていく。

　ジュラルミンの柄――シャフトのひんやりとした感触が頬から伝わった。左腕はまっすぐに的を向き、右肘はちょうどそれとは同一線上を反対に伸びた。ここから気持ちを落ち着け、体全体を左右へ開く。

　あずみと一緒に的前に立った、入部前の見学会のときのことを思い出す。

　あのときは矢を番えていなかったけれど、的を見据えた瞬間、何秒か時間が止まったような気がした。

　今もまた、気持ちがいい。あずみとシンクロし、息遣いがそろったときのように、体が周囲の空気に溶け込む。自然と右手が弦から離れた。

　最も美しい弦音《つるね》は、「キャン」と聞こえる。今まさに、その音がした。

　溜《た》めてきた力のすべてを込めた矢は、一秒もかからずに、二十八メートル先にある直径三十六センチの的を射抜いた。

矢が離れたあとも、両腕を伸ばしたまま、体が動かない。気づいたら、心臓の鼓動が全身に伝わっていた。

なんとか心を落ち着けようと息を吐く。

「おーい、葛城ぃ、残心長すぎ」

先輩の声で我に返る。ちょっと息を吐いただけだと思っていたのに、あとで彼方から、『十秒は経ってたぜ』と言われて焦った。これが、的中の快感なのか……。

僕の次にあずみが続いた。弱い弓を使ったせいか、あずみの矢は的のわずかに下をかすめた。

それにしても、あずみの射型はきれいだ。射法八節に忠実で動きに無駄がない。彼女には、なんの気負いも迷いもないように見える。

『勝ち負けじゃなくて、どれだけ自分の世界を創り出せるかってことには、区切りとかゴールとかないいんじゃないかな』

教室で発した言葉どおり、彼女は中り外れにこだわっていない。彼女は初めて矢を放てたことを喜んだ。

「あー、やっぱり弓引くのって気持ちいい！」

うれしそうにはねながら矢取りに行くあずみが、なんだか小動物のようでかわいらしかった。

僕たちには、最初の矢を放った感慨に浸る間も、的を外した悔しさを引きずる余裕もない。一、二年生を主体とした新生弓道部は、お盆明け、夏休み後半に二日間の夏合宿に入った。

といっても、遠出はしない。場所は二高弓道場。ここで朝から晩まで弓を引き続け、夜は高校敷地内にある三階建ての合宿所に泊まる。

それは、体育館側とは反対のグラウンドの端、プールに隣接している。旧校舎と一緒に建てたもので、ずいぶんと古びていた。もともとは白塗りの壁だったらしいけれど、今はどちらかというと、グレーがかった外観に変貌している。

合宿初日の朝、道場で柊先生からの挨拶があった。

一年生は自分の射を固める絶好の機会、二年生は十一月の新人戦に向けた強化合宿としてがんばろうという言葉に、僕はひそかに新人戦のレギュラーを狙うことを決意した。

僕の的中率は六割程度。看的表を見たら九割近く中てている先輩もいる。

大きな差だ。でも、的前に立って間もない僕にとっては、弓を引けることがただうれしくて、どんなに長く引いていても、まったく苦にならない。初めての一本を的中したときの、あの高揚感がずっと心に残っている。まだ時間はある。練習を重ねればこれからどんどん強くなれるはずだ。

「新人戦は、調子次第で一年生からもレギュラーとれるってよ」

矢取りをしたあと、的場の裏手で彼方から声をかけられた。

「情報が早いな」

「柊先生に直接聞いたから間違いない」

「相変わらず直球だね」

「何事もモチベーションは目標設定にありって、なんかの本に書いてあった。俺の最初の目標はレギュラーに入ることだよ」

言葉にブレや照れ、戸惑いのない彼方がうらやましい。

「俺もレギュラー狙う」

思いきって僕も宣言すると、彼方がすぐに笑顔を見せる。

「秀も言うようになってきたな。じゃあ、俺たちライバルな」

ライバル。表面的にはこそばゆいものの、芯では武者震いするような響きだ。

僕が彼方のライバル？　だれが聞いても鼻で笑うに違いない。彼方に勝てる要素って、なんだろう。

先輩たちの矢を握ったまま、道場に戻る彼方の背中を見つめる。

彼の真っ白な道衣がまぶしい。

「おい葛城ぃ。今日はお昼の係だろ。なに、こんなとこでもたもたしてるんだ」

午前の練習が終わり、一年生男子で安土の整備をしていると、だれかに背後から名前を呼ばれた。

しまった。すっかり忘れていた……って、え？

安土を触っていた泥だらけの手で立ち上がる。振り返ると、そこにいたのは……。

「マリア先輩！」

ストライプのポロシャツに純白のミニスカートがまばゆい。

「受験勉強はいいんですか」

「あんたたちがちんたらやってないか、心配で顔出しに来たんだよ。そんな手でどうすんだ。早く洗ってきな」

先輩は腰に手を当て仁王立ちをしている。

「あ、はい！」

三年生は引退したはずなのに、なんで合宿にまで来てるんですか……。

「お昼の準備を手伝ってやるからすぐに来いよ！」

マイペースなマリア先輩は言い捨てると、さっと踵を返して合宿所のほうに向かう。

困惑する僕に、一緒に安土を均していたセイタが顔を寄せてきて、「先輩、昨日俺に連絡してきたんだよ。いきなり行ってもいいかとか、みんな変に思わないかなあって。かわいいとこあるよね、あの人も」と口元を隠してささやく。

すると、マリア先輩が全速力で駆け戻り、セイタに飛び蹴りを食らわせてきた。

恐るべき、聖母の名を騙った地獄耳。


合宿所の玄関を入ってすぐ横が食堂だ。合宿中、食事や清掃の係は、朝昼夕と一年生がひとりずつ交代で務める。僕はちょうど初日の昼食担当だった。

ご飯は食堂の炊飯器で炊き、おかずは近くの惣菜屋からその日作ったものを送ってもらうことになっている。

食堂でのマリア先輩はとても手際がよかった。

この日のおかずは豚の生姜《しょうが》焼きだ。その盛り付けを一皿三、四秒でこなしていき、それをさらに片手に四つのせてテーブルへ運んでいく。

僕は先輩の邪魔をしないように、お茶を注ぐことに徹する。

食事の準備はほぼ先輩ひとりの力で完了した。

「マリア先輩、プロ級ですね」

「恐れ入ったか」

先輩が得意げに胸を張る。

「プラスに転じるギャップの驚異を知りました」

「元がどれだけマイナスなんだよ」

絶妙なツッコミ。

「ほめてるんですよ」

「ウソつけ!」

こんなかけ合いができるマリア先輩、やっぱり最高だ。

先輩たちがぞろぞろと食堂に入ってきた。最後尾には、あずみと彼方が並んでいる。楽しそうに談笑しているふたりを見て、心がざわつく。

いったい、なにをしゃべっていたんだろう。練習中にふたりで話しているところは、ほとんど見たことがない。なのに、僕が知らない間に親密な空気で包まれているじゃないか……。

「あのふたり、こうやって見てると、なんかお似合いだな」

驚いて振り返ると、背後にマリア先輩が立っていた。なんとなく、意地悪い目をしている。

マリア先輩は、僕からふたりに向けていた視線に気づいて言っているのだろうか。

「なあ」と先輩が同意を求めてくる。

「どうですかね」

お似合いだなんて……。口に出して認めるのはイヤで、素っ気なく返した。

マリア先輩はそれを気にする様子もなく、席に着く。

食堂に全部員がそろったところで、いっせいに「いただきます」のかけ声。みんな袴姿のままでの食事だ。

もともと席順が決まっていたわけではない。先輩たちは、入ってきた順に奥のテーブルからつめていき、あとで入ってきた彼方とあずみは、僕の背後のテーブルに並んで座った。

『あのふたり、こうやって見てると、なんかお似合いだな』

先ほどのマリア先輩の言葉がよみがえる。モヤモヤする思いを腹の底に押し込め、目いっぱい白米をかき込む。

僕のテーブルは四人がけで、隣にマリア先輩、正面にセイタ、斜向かいに柊先生という組み合わせだった。

「ねえねえ、なんでヒイラギさん、いるの」

マリア先輩が、つまもうとしたポテトサラダを何度も箸からこぼしながら言う。

普段は『ヒイラギ』と呼び捨てにしているマリア先輩も、さすがに先生ご本人を前にしては〝さん付け〟で呼ぶ。タメ口ではあるけれど。

先生が呆《あき》れて嘆息する。

「それはこっちのセリフだろ。お前さんこそ、受験勉強はどうなってるんだ」

「ヒイラギさん、知らないの？　わたし、推薦もらえそうなんだよ」

「マリアに推薦？　どこの物好き大学が受け入れるんだよ」

先生は本気で驚いているのか、これでもかというくらい、目を見開いている。

「あー、なんだよ！　顧問がかわいい生徒を侮辱するわけ？」

マリア先輩が口をとがらせて先生を指す。

それにしても柊先生って、こんなノリでマリア先輩としゃべるんだ、と新鮮に感じた。

「そうだ、そうだ！」

セイタが囃し立てたあと、「ところでさあ」と柊先生を振り返る。

先生は「どうした、セイタ」と言ってから、白米にのせた生姜焼きを口いっぱいに頬張った。

「先生って、弓、わかるの？」

「げふぉっ！」

思いっきりむせた柊先生の鼻から、勢いよく米粒が飛び出す。

出た、セイタのド直球……。タメ口のうえに『うまいの』とか『できるの』ではなく、『わかるの』って……。毒吐魔・マリア先輩の正統後継者。

「ハハハハ！　セイタの質問、ウケる！」

マリア先輩が手をたたいて喜ぶ。

この人は、ホントに、もう……。

「お前さんなぁ、ヒイラギの花言葉を知っているか」

先生、なにを言いだすんですか。

「それ、弓と関係あんの」

どんどん言葉が横柄になってるぞ、セイタ……。

「ヒイラギの花言葉は、〝先見《せんけん》の明《めい》〟だ」

ドヤ顔の柊先生。そして、『だから?』とぽかんとして静まる僕たちのテーブル。

そのとき、背後のテーブルから彼方とあずみの話し声が聞こえてきた。

僕は、顔に浮かぶ動揺を気取られないように、箸を動かしながら意識を聴覚に集中する。

「これまで勉強と弓しかしてこなかったけど、なんか、こういう時間もいいよな」

彼方があずみに話しかけたようだ。

「彼方くんは違うでしょ」

あずみが応じる。

あずみの『彼方くん』という呼び方に、『秀くん』と呼ばれて舞い上がった自分が虚しくなる。あずみはだれにだって親しげに呼びかけるじゃないか。僕だけが特別なわけではないと、今さらながらに思い知らされたようで……なんか、胸が痛い。

「違うって?」

彼方が問い返す。

「だってほら、英語のスピーチコンテストで県代表になって、合唱で指揮者やって、体育大会ではリレーのアンカーでしょ。勉強と弓だけだなんて謙遜だよ」

「んー、たしかにいろいろ任されてきたけど、忙しすぎて忘れてた」

「彼方くんはオールマイティだよね。ホント、すごい。わたしなんて全然、取り柄もないし」

そう、彼方はなんでもできて、なんでも知っている。あずみもやっぱり、そう感じているんだ。まあ、当然か……。でも、それをあずみの口から聞くのはちょっとつらい。

「なあ、真野。俺はさ」

彼方の声がワントーン、下がる。

「『わたしなんて』っていう謙遜のしかた、あんまり好きじゃないな」

沈黙。

僕のテーブルでは、マリア先輩とセイタが、柊先生が分けてくれた豚の生姜焼きを取り合っている。

「あ、この！　なにわたしンの食べてんだ！」

先輩が、「ほら、出せ！　わたしの出せ！」とセイタの顎を執拗《しつよう》につかむ。聖母の名に偽りありまくりの食い意地だ。

ギャアギャアうるさくて彼方たちの声が聞こえないから、ちょっと黙っててくれませんか……とも言えず。

「真野の弓引く姿って、基本に忠実できれいだから、いつも観察して参考にしてるんだぜ」

彼方の声が陽気になる。

「えっ、そうなの？」

驚くあずみの返事。

「あ、観察って、別にストーカーチックな、変な意味じゃないからな」

「全然、そんな——」

「だから、取り柄がないなんて、思わなくていい」

「うん」

彼方はすごい。いつもまっすぐで、迷いがない。思ったことはしっかり伝えて、それでいて相手を思いやるひと言が添えられる。

僕は自分の中学時代——サッカー部での苦い記憶を思い起こす。

先輩たち、なんであんなに動けないんだろう。あの人たちがなにもしないから、ウチの部活はダメなんじゃないか。もっと力のあるコーチが指導してくれたらな。いつもなにか不満を抱え、心で愚痴をこぼしていた。でも、それは言葉にもせず、思っているだけ。行動せずに、相手に伝えず、そうやって人のせいにした。

自分の思いをまっすぐに言える彼方。いつの間にか比べて、そして卑下している自分。大違いだ。

そんな僕の悶々とした記憶をはじくように、「葛城、食欲ないんならソレいただき！」とマリア先輩が僕の皿から生姜焼きを箸でつかみ取っていく。

「ああ、俺も！」

セイタの嬌声《きょうせい》。

「すごい食い意地が張ってるな、お前さんたちは」

呆れる柊先生。

僕はそんな彼らを前に、ぎこちなく泣き笑いのような表情を作ってごまかした。

昼食を終え、みんなが食堂を出ていく。

後片付けは、準備係がそのまま厨房《ちゅうぼう》に残り、皿や茶碗《ちゃわん》の下洗いをすることになっている。準備に続いてマリア先輩が手伝ってくれた。先輩が食器類を洗っていき、僕が拭く係を担う。他にはだれもいない。

「今日のマリア先輩、尊敬しちゃいます」

「なにが？」

僕が思っていたことをそのまま口にすると、先輩は怪訝《けげん》そうに振り返る。

「盛り付けといい、皿を運ぶときといい、手慣れてますね」

「そういうのが似合わないってか」

「そんなこと……あるかもしれません」

「ウチは母が厳しいんだ」

いつも乱暴な感じの言葉を使うマリア先輩の、『母』という呼び方が新鮮だった。

「先輩って、自由奔放だと思ってました」

「葛城も言うようになったな」

たしかに。こんなモデル並みの美女に対して繰り返し軽口をたたいている自分が不思議だ。

「お前、あずちゃんのこと、好きだろ」

マリア先輩のいきなりのひと言に、僕は拭いていた皿を思わず手から滑らせた。

床に落ちるすんでのところを間一髪、先輩がすばらしい反射神経でキャッチしてくれた。

「あぶねー！」

マリア先輩が目を丸くする。

「あ、すみません！」

「葛城、動揺しすぎだろ」

「いえ、そんなんじゃ」

実際には心臓が飛び出そうなくらい緊張しているけれど。

「で、どうなんだよ。あずちゃんのこと」

「いや、どうって別に……」

動悸がますます激しくなる。

「別にってなんだよ」

「いい子だと……思います」

「なんだよ、それ」

マリア先輩が、うんざりした表情でため息をつく。

僕は顔さえ上げられない。布巾で皿をこれでもかというくらい、ごしごしと拭き続ける。

「いつもあずちゃんのこと見てるだろ。さっきだって、うしろで彼方とあずちゃんしゃべってるの、思いつめた表情で聞き耳立てて、ひとりでソワソワしてたし」

バレバレだったのか……。

顔に熱がこもり、毛穴全体から汗が噴き出るようだ。

「そんなふうに、見えてたんですね」

言葉だけは冷静さを保つ。

「あったりまえだろ。そんなの口にはしなくても、ヒイラギやセイタだって気づいてるぞ」

マジか……。

背中を流れる汗に気づいて、ますますうろたえた。

「我慢するのが一番よくないぞ。好きならコクれ。そんでもって、フラれてすっきりしろ」

「最初からフラれる前提なんですか」

「バーカ、冗談だよ」

その冗談、笑えない……。

「でもさ、そのくらいの気持ちで、すがすがしく伝えたほうがいいんじゃないか」

「先輩は、そういう告白経験あるんですか」

「はあ？　わたしは……わたしのことはいいんだよ！」

先輩の耳が真っ赤になる。この人の前でなら、素直になれそうな気がした。

「僕はずっと、自信がないんです」

「なんだよそれ。自信がない？　そんなの、みんな同じだろ」

「彼方は、違うと思います」

自分の声が、少しだけとがったのを自覚する。

彼方はいつだって自信にあふれている。迷いも憂いもなく、気持ちが強くて、自分というものを持っていて、さらには人を導ける存在だ。

「わたしは違わないと思うよ」

え……？

マリア先輩が流しに食器を置き、僕に向き直る。

「彼方はさ、一生懸命生きてるんだよ」

マリア先輩の瞳に魔法でもかけられたかのように、僕は身動きできなくなる。

「葛城、お前も自分をさらけ出してみなよ。一生懸命生きてる姿を見せ続ければ、カッコ悪くてもカッコよく見えるもんだ」

先輩の声が心の奥に染み込み、じんわりと温かいものが広がる。

「カッコ悪くてすみませんね」

僕はわざと拗《す》ねてみせた。

「バーカ、冗談だよ。葛城、お前イケてないことはないって」

マリア先輩がまじまじと僕の全身を見定める。

そんなに見られたら、ますます恥ずかしいじゃないか。

「なんですか、その微妙な言い回し」

これもやっぱり照れ隠しだ。

「ほめてんだよ」

「全然うれしくないです」

ホントはすごくうれしい……。

「それに彼方はさ――」

話題を彼方のことに戻しかけたところで、先輩が慌てて口をつぐむ。

「なんです？」

「いや、やめとく。思わせぶりでごめんな。じゃ、食器拭くのお願いね」

そう言ってマリア先輩は、エプロンを脱いでそそくさと厨房を出ていってしまう。

え……なんだ、この寸止め。

『彼方がどうしたって!?』などと声を張り上げて聞くわけにもいかず、僕は厨房に、食器とともに取り残された。

そして情けない話だけれど、午後の練習では一気に的中率が下がった。

弓道はよく、心のスポーツだと言われる。これは本当に、言い得て妙だ。表向き、射型に大きな変化はなかったはずなのに、心の部分はどうしようもない。抑えきれない動揺が矢に伝播《でんぱ》するのか、何本かが的枠をかすめる程度で、ほとんどが大きく的を外した。

マリア先輩もマリア先輩だ。中途半端に告げて去るなら、初めから言ってくれるな。もちろん、最後の『それに彼方はさ』という気になるひと言が僕の心をいっそう激しく揺さぶった。

その夜、僕たちは花火をした。昔から合宿期間中のささやかな息抜きとして受け継がれてきた、二高弓道部伝統行事らしい。

木々に囲まれた小高い丘の上にあり、夜はネオンも街灯も届かず、普段は深い静寂に包まれている合宿所。その隣にあるプールの周りの柵にコードをからめ、等間隔に裸電球をぶら下げた。そこへ、いっせいに明かりを灯す。

「うわあ!」

みんなの歓声が起こる。プール脇の空き地に集まった部員たちは女子も男子も、全員ジャージにサンダルだ。

「インスタ映え! インスタ映え!」と叫びながら、セイタがスマホで写真を撮りまくっていた。

まとめ買いしてあった花火セットが配られていく。

「みんな、お疲れー！　明日も朝からハードな練習が待ってるけど、花火でぱあっと疲れを吹き飛ばしていこう！」

なぜかここでも仕切るのは、既に引退しているはずのマリア先輩。いい加減、家に帰らなくていいんですか……。

――シュポッ。

打ち上げ花火が上がる。

それは合宿所の少し上くらいの高さではじけ、鮮やかな花がゆっくりと開いた。

「きれい！」

あずみが手をたたいて喜ぶ。彼女の横顔が花火に照らされた。

無邪気な表情に、胸の高鳴りを感じる。またマリア先輩に見られていないかと、思わず辺りを窺った。

先輩はセイタと、互いの足元にねずみ花火を投げ合っていた。……よい子はけっしてマネしないでください。

大きな仕掛け花火の最後に、パラシュート花火を上げた。パアンと散る花びらの中にパラシュートが開き、宙を舞い降りてくる。それは風になびき、プールのほうへ逸れていった。

「よっしゃ、俺が取るぜ！」とセイタが叫び、プールの入り口を駆け上がっていく。

おいおい、セイタ。なんて無茶を……。

パラシュートの落下点となる水面へダイビングするセイタの前に、思いっきり横っ飛びする影が割り込んだ。派手な水音が立つ。

「うわ、くそっ！　先を越された！」

プールの中で悔しがるセイタ。

それに続いて水の中から顔を出したのは……彼方だった。ジャージのまま、ずぶ濡《ぬ》れになってダイブしても、その濡れ姿さえサマになっている。髪をかき上げ、パラシュートを掲げる。

白い歯を見せる彼方に、プール脇の部員たちから拍手が湧いた。

そのあとも、色とりどりの花火が僕たちの顔を鮮やかに照らしていった。

なにも考えずにぼんやりと火花を見つめる先輩。なにかを思い出すようにうっとりと眺める先輩。そして真顔の先輩（ちょっと怖いけど）。先輩たちの横顔が、見ていて楽しい。

最後は、定番の線香花火。

マリア先輩とセイタは、やはりここでも競い合っていた。

「おっしゃ、粘れ、粘れ！」

「ぎゃあぁ！　落ちたぁ!!」

先輩、せっかくの線香花火なんですから、風情を感じてください……。


すべての花火が終わり、解散する。

先輩たちは合宿所へ、セイタと彼方は濡れたジャージを着替えに戻り、マリア先輩はさすがに夜遅いからと帰宅した。

残った一年生たちで花火の後始末をしたものの、プールサイドに打ち上げ花火の燃えカスが飛んでいないかと、最後の確認は僕とあずみですることになった。

プールサイドを回りながら、見つけた燃え殻をバケツへと集めていく。

わずかに残しておいた裸電球の灯が、控えめに辺りを照らす。時折、心地よく吹き抜ける涼風が水面を揺らした。

先ほどまで華やかだったプールが、なんとなくしんみりと、名残惜しく見える。

「楽しかったね、花火」

あずみはその場にしゃがみ、脱皮した蛇の皮を思わせる燃え殻を拾いながら、ぽつりと言った。

僕も隣でかがむ。

「いいよね、こういうの。俺、花火したの、小学校以来かも」

中学時代はささくれだった竹のように、きれいなものから逃げていた気もする。

「男の子はそういうものなのかな。わたしもね、家族とはしても、こうやって仲のいい友達や先輩とすることって、ほとんどなかったの」

「そうなんだ……」

以前、あずみは話してくれた。小学校時代、何度も引っ越しを経験していて、中学ではクラスの女子とぎくしゃくして、部活のテニスも途中でやめてしまったと言っていた。

それでも、あずみはこんなに純粋で、明るい。きっと変わろうとしているんだ。今までの、イヤだったこと、悔しかったこと、つらかったこと、苦しかったこと。全部、乗り越えようとしているのだろう。

合宿所の厨房でマリア先輩に言われた言葉を思い出す。

『葛城、お前も自分をさらけ出してみなよ。一生懸命生きてる姿を見せ続ければ、カッコ悪くてもカッコよく見えるもんだ』

あずみには、伝えておこう。いや、伝えておきたい。本当の自分を。

「俺さ……」

僕の言葉に、あずみが振り返る。彼女の顔に、何本か髪がかかった。

「花火しながら、中学のときのこと考えてた。前に話したの、覚えてるかな、中学時代に所属していた弱小サッカー部の話」

あずみは小さくうなずいてから目を伏せて、僕の次の言葉を待つ。

「今思い返すとね、あの当時イヤだったのは、弱かったチームでも、なにもしてくれない先輩や同級生たちでもなくて、いっつも不満ばかりで、そのくせ心で愚痴をこぼしながら、でも結局なにもしてこなかった自分なんだよね。イヤなら、なにがイヤだって、言葉にして伝えればよかったのに。なにをしたいのか、提案して行動すればよかったのに……その勇気が出せなかった」

しばらくの沈黙のあと、あずみが顔を上げた。

「秀くん、全然そんなふうに見えないよ」

「ありがと。でも、俺はそういうヤツなんだ。彼方とは違う」

「俺がどうしたって？」

突然背後からかけられた声に、心臓が縮み上がりそうになる。

振り向くと、ジャージからスウェットに着替えた彼方が立っていた。首にはタオルをかけていて、髪はまだ湿っている。

「彼方、どうしたの」

僕は動揺を隠すようにおもむろに立ち上がった。

「遅いから、片付けに手間取ってるのかと思って見に来た」

「ごめんね、心配させちゃって」

あずみが頭を下げる。

「真野、そういうときは、『ごめんね』じゃなくて『ありがと』のほうがうれしいかも」

「うん」

彼方のこういうセリフが、僕を打ちのめす。僕には彼方のような言葉が言えない。さっきだって、せっかくありのままの自分をあずみに伝えようとしながら、結局、最後に彼方の名前を出して、へつらってしまった。

「ちょうど、終わったとこ」

どうにか声を振りしぼる。喉がカラカラに張りついているようだ。

「疲れたから、先に寝るね」

僕は彼方の目を見ず、あずみのことも振り返らず、そのままプールサイドをあとにする。

「どうした、秀。なんか変だぞ」

背中越しの彼方の言葉に唇を噛《か》んだ。

合宿所に戻り、階段を上がって三階の男子用宿泊室に入った。

教室くらいのスペースに、ベッドがぎっしりと並んでいる。しかも三段ベッドだ。

先輩たちは一段目や二段目の思い思いの場所に陣取っていたため、一年生はなんとなく追いやられるように三段目に行かざるを得ない。

眠っている先輩たちを起こさないよう、静かに階段を上る。金属のハシゴのひんやりとした感触が伝わってくる。

三段ベッドの一番上は、床を見下ろすとめまいのしそうな高さだったので、いそいそと横になりタオルケットをかける。

少しだけ開いた窓の隙間から、火照《ほて》った体を冷ましてやろうと、かすかな風が吹き込んだ。ほのかに差し込む月明かりも、僕の心をなだめようとしているのだろうか。


翌朝。

練習を始める直前まで合宿所にこもり、彼方とは顔を合わせないようにした。道場に入るのも躊躇《ちゅうちょ》した。昨日彼方に対してあんな冷たい態度をとってしまったことが、今になって気まずい。

彼方もあえて僕には近づいてこない。

部員たちがいっせいに弓を引き始める。僕は彼方とは離れた射位に立つ。矢取りのタイミングもずらした。

矢を抜くときに、安土からふと道場のほうを向くと、あずみがこちらを見ていた。

目が合った瞬間、僕は手元の矢に視線を落とす。

昼食中も、神妙な顔つきでひとり離れて食事する僕に、同級生も二年生の先輩たちもただならぬものを感じたのか、だれも話しかけてこなかった。

しっくりこないまま午後の練習も終え、合宿は終わる。

日が長いため、東の空は藍色に染まってきているものの、西のほうはまだまだ明るく、昼間のようだ。

「この合宿で見えた自分の課題をよく振り返って、謙虚な姿勢で改善に取り組んでいきましょう。逆に、自分にとって収穫となったことは、頭ではなく心に残し、射型についてはは手ごたえをつかんだ瞬間にこそ繰り返し練習して体で覚えること」

道場で対座する一年生と二年生を前に、白衣の柊先生は、いつもどおりゆったりとした口調で話す。

先生の言葉に次いで、新主将の演武が行われた。これは合宿を締めくくる儀式のようなものだ。

通常の的よりもはるかに小さな金の的が、安土の真ん中にひとつだけかけられている。矢取道の脇に全員で並んで、その射に注目する。

「あの的、直径いくつか知ってる?」

先輩が矢を番えている最中に、隣に立っていたセイタが小声で話しかけてきた。

「いや」

「十二センチだって。いつもの直径の三分の一。二高の伝統で、要になるイベントでは必ず使うらしいよ。主将がこれをびしっと決めると縁起がいいって」

「あんなに小さいのに中るかな」

ガムテープの芯ほどの大きさの金的を、疑《うたぐ》りの目で眺める。

「中てるんだよ」

セイタが僕の心を見透かすように語気を強めた。

いよいよ演武が始まる。ゆっくりと打ち起こし、大三、引分け。

先輩の射は力で引くというより、とても穏やかだ。もともとそこに収まるのが運命づけられているかのように、弓を握る左こぶしも弦を引く右肘も、絶妙のポイントに伸びたあと静止する。

矢が弓を離れた。強く一回まばたきするうちに、既に直径十二センチの金の的は射抜かれていた。

「よーーし！」

みんながいっせいに叫んで、大きな拍手をする。鳥肌が立った。

こうして僕の、最初の夏合宿が幕を閉じた。

合宿翌日、全校生徒いっせいの補習授業があった。二高では伝統の夏補習だ。この補習は全員参加で、夏休み明けにある全国模試のための対策授業を受ける。

「どこが夏休みだよ！」という一年生たちのツッコミをかき消すかのように、辺りの木々では蝉《せみ》がけたたましく鳴いていた。教室にはクーラーなどない。窓を開けても風がなく、日差しも強いためカーテンは閉めざるを得ない。蒸し風呂のような教室では、クラスのほぼ全員がうちわを持って授業を受けた。

「ちょっといい？」

夏補習、理科総合Aのあとの休み時間。突然、僕のいる一年生の教室にマリア先輩が現れた。

先輩の本当の性格を知らない男子たちの間では、士野マリアといえば校内トップクラスの美女として不動の人気を誇る。そんな彼女が一年の僕に声をかけてきたものだから、クラス内は急にざわついた。

マリア先輩はこういうことに慣れているのか、公衆の面前ではしおらしい表情を崩さない。

僕は駆け足で廊下に出ると、すたすたと歩いていくマリア先輩の背中を追った。

「葛城、お前、なにやってんだよ」

フロアを下り、ひと気のない視聴覚室の前まで来ると、マリア先輩は廊下の窓枠に両手を置いて、外を眺めたまま口を開いた。怒気を帯びた横顔だ。

「なんのことですか」

昨日のことだろうと薄々見当はついていたものの、ここでなぜマリア先輩が出てくるのかわからない。

「好きな子を悲しませてどうするんだよ」

先輩は予想外の言葉を口にする。あずみのことか……。

「なんの話ですか」

僕はそれでも平静を装い続ける。

「昨夜のプールでの件だよ」

「先輩がなんでそれを？」

マリア先輩は振り返ると、僕をにらんだ。

「女子のネットワーク、ナメんなよ。あずちゃんはわたしにとって妹みたいなものなんだ。今朝会ったときにしょんぼりしてて、なにかあったってすぐにピンときたよ」

「あずみから話したんですか」

思わず声が上ずってしまう。

先輩はそんな僕に、苛立ちをはらんだため息をつく。

「葛城はなんにもわかってないな。あずちゃんが自分からそんなこと、打ち明けるわけないだろ。『なんでもありません』って、だれがどう見てもバレバレのやせ我慢で無理に笑おうとするから、わたしが問いつめて聞き出したんだよ。そうしたら、彼方が現れたとたんに葛城が不機嫌になってひとりで行ってしまったって」

「僕のこと、なんて言ってました？」

あずみに軽蔑されたかもしれない。そう考えると胸が苦しい。

「お前のことなんて、なんにも言ってないよ。『わたし、秀くんになにか悪いことしちゃったかな』って。自分になにか非があると感じてるんだ。まったく、あずちゃんも困ったものだな。人がよすぎるんだよ。勝手に自分が悪いんじゃないかってふさぎ込んで」

「あずみはなにも悪くありません」

「当たり前だ」

先輩が吐き捨てる。

「葛城は、彼方に嫉妬して、あずちゃんの気持ちも誤解して、それでひとりでひねくれて、そのうえ人を不愉快にさせてるんだよ」

マリア先輩は言い切ってから、ふうっと息を吐く。それから壁に背中をつけて、両手をスカートの裾の前で組む。

目の前にいるのは、いつもの気楽であっけらかんとした先輩ではなかった。あずみのことを心から心配し、そして僕に対して正面から真剣に向き合ってくれている。

「僕はホント、ダメなヤツです」

肩を落とした僕にマリア先輩が詰め寄った。

「そんなことはわかってる」

先輩の温かな手の平が、左右から僕の頬を包む。

右頬に当たる感触が少しだけ硬い。左手親指と人差し指の間、ちょうど弓を支える部分の皮が異常に厚くなるのは、弓引きの証だ。マリア先輩のかけた情熱が、その硬い感触から伝わってくる。

「でもさ、お前のいいとこも、わたしはもっとたくさん知ってるよ」

先輩の思わぬひと言に、涙腺がゆるむ。

「もっとバカになれ。単純に考えて、素直になれ」

マリア先輩の瞳は、深く澄んでいた。


補習のあと、すぐに弓道場に向かった。

別れ際に、マリア先輩から言われたのだ。まず、彼方に対して自分の想いを伝えてこい、と。そして、あずみの気持ちを大切にしろ、と。

僕は息を切らしながら、道場横の駐輪場の前に立つ。

二棟が併設されている二階建て駐輪場では、クラスごとに自転車を停める位置が定まっている。一年生は西棟の二階だ。

彼方がいつも乗っている赤いマウンテンバイクはすぐに目に留まった。まだ自転車があるということは、帰ってはいないはず。

再び教室を探そうと思い、踵を返すと、駐輪場の東棟と西棟の間の隙間になっている上空――屋根と屋根の間から、太陽の光で逆光になっている彼方の顔が見えた。

なんでそんなところにいるんだよ。

「カナタぁ！」

僕の声に彼方が「おう」と返事する。

「どうやって上ったんだよ」

「そこの手すりの上に立って、あとは腕の力でここの隙間から這《は》い上がってみた」

たしかに、駐輪場には壁がなく手すりがついているだけだったので、上ろうと思えばできそうだ。

「秀も来いよ」

彼方が笑う。

「本気で言ってる？」

「ああ」

しかたない。手すりに上り、そこからさらに二階の屋根に手をかける。

「うわ、熱い！」

屋根の縁は、夏の陽光のせいで異常な熱を持っていた。

「やけどしないようにな」

彼方が上から涼しい顔で言う。助言が遅い。

東棟と西棟の間の、人ひとり分くらいの間隔の屋根の淵《ふち》に再び手を置き、腕の力で一気に屋根へ上った。

ついていた手をすぐにこする。この熱さはムチャだ。

彼方は学ランのポケットに両手を突っ込んだまま、屋根の上に立ち、遠州灘の水平線を眺めていた。

こんな場所があったんだと、新鮮な気持ちになる。

駐輪場の屋根の上は、完全に死角だった。視聴覚室や茶室などが入っている三階建ての創立記念館に遮られて、校舎のほうから屋根の上の僕たちは見えない。逆に、広がる街並みや遠州灘までの大パノラマが一望できた。

雲量ゼロ、快晴。屋根は熱かったけれど、この高さまで来ると風があり、とても気分がいい。

「彼方」

横に並び立ち、遠くの空を見る。

「なんだよ、シリアスな顔して」

彼方が軽い感じで聞き返してきた。

マリア先輩に言われたからじゃない。今、ちゃんと言っておかないと、僕はずっと中学時代から変われない。

「プールでのこと、ごめん」

僕は彼方を振り返り、頭を下げた。

「なにが？」

彼方が首をかしげて僕を見つめる。

「俺、彼方にずっと引け目を感じてた」

「秀の心の中で思ってることを、なにも俺に謝ることはないよ」

「いや、あずみのこともある」

彼方の目に困惑の色が浮かぶ。

「彼方とあずみ、お似合いだろ。俺、それに嫉妬してたんだ。自分の中で勝手に引け目と嫉妬が膨らんで、それで花火のあと、イヤな態度をとってしまった」

最もためらいがちな、これまで何度も飲み込んできたひと言を、とうとう彼方を目の前にして、言葉に出した。

彼方は目を細め、そして口に手を当てる。なにか、笑いをこらえるように。

いったい、なにがおかしいんだ。

「俺が、真野のこと好きだと思ってたの？　どうしてそう思う？」

「だって……」

新入生見学会のときのことを思い出す。

「だって、彼方……、初めて道場で弓を持った日、あずみのこと見て『あの子、いいよね』って」

「ん？　ああ、言ったかもね」

彼方はうろたえる様子もなく、飄々《ひょうひょう》と答える。

やっぱり……。彼方とあずみは相思相愛なんだ。

「あれ、そういう意味じゃないのかな」

僕は声をしぼり出す。謝ったあとでも、まだ受け入れられない自分がいる。

「ううん、あれは、ちょっと違って……」

彼方が言いよどむ。

「じゃあ、なに」

「なんだろ」

彼方は僕の問いに、真剣に考えるように間を置いた。

「よくわかんないけど、弓持ってるとき、すごくうれしそうだったじゃん。そういう純粋な気持ちを感じたんだよ」

そういう彼も今、とても幸せそうだ。

「そういうのを、恋って呼ぶんじゃないの？」

僕の問いに彼方が首を横に振る。

「バカだな、秀は。俺、彼女いるし」

僕はその場で硬直した。それからしばらくして、魂が抜けたようにうなだれる。

「前に話したっけ？ 小学校のとき入院してた時期があったって」

彼方が思い出したかのように言う。

「うん」

浜松城公園の芝生で、たしかに聞いた。

「入院中はホント、ヒマだった。初めのうちは友達とか親戚とかいろんな人がお見舞いに来てくれたんだけど、ひと月もすればだれも来なくなって。当時ハマってたミニバスもできなくて体がなまって。だから本やマンガばかり読んでたんだけど……、俺が小六になったとき、病院の院内学級に来たんだよ、中学生の女子グループが。ボランティアか職場体験かでやってきた」

「それと今回のことと、関係あるの？」

思わず彼方の顔を振り返る。

「もちろん、大ありさ」

当たり前じゃないか、というニュアンスで彼方がうなずく。

「その女子グループのひとりが、今付き合ってる彼女だよ」

「え……、そんな前に知り合ってたんだ」

驚いた。彼方の恋心は、小学生のときに生まれていたのか。

「実乃里《みのり》っていうんだ。二個上で、今、高三」

唖然《あぜん》とする僕に構わず彼方が続ける。

「一週間だけど、そのとき中二だった実乃里の制服姿が、なんか大人びてたんだよね。院内学級でいろんな教科を教えてくれた。それがすごくわかりやすくて。あんなに勉強が楽しかったことはないよ。教科のこと以外にも、たくさん励ましてくれたよ」

彼方は言いながら、ぷっと吹き出す。

「今振り返っても、わかりやすい初恋だったな」

初恋。彼方の口から聞くと少しこそばゆく、でも、とてもかわいらしいもののように感じる。

「で、一週間なんてあっという間に経っちゃって、いよいよ実乃里とお別れっていう日に俺、思わず聞いたんだ。実乃里の憧れているもの。まあ、ませたガキだったな」

「彼女は、なんて」

「高校で弓道やりたいって」

そういえば、マリア先輩の試合を応援に行った市営弓道場で、彼方は他校の女子と話していた。顔なじみのようで、なんとなく親密な間柄に見えた。

「前の大会に、その実乃里さんもいたよね」

「え、なんだよ、秀。知ってたのか」

まさか茂みの陰からのぞいていたとは言えない。

「それで彼方も弓道を？」

僕は慌てて話題を変える。

「まあ、それもある。ただ、実乃里とはもっと深いところでわかり合えるんだよ。ウチは片親でさ、俺の入院費を工面するのに母さん、身を粉にして働いてたのも小学生ながらわかってて」

彼方がそんな家庭環境で育ったなんて……。

「ただ、親に面と向かって言うのも恥ずかしくてさ。それを思いきって実乃里に話したら、実乃里のウチも同じような境遇だったんだ。でもね、彼女はそういうの、全部受け入れていて。いつも強くて、背筋を伸ばして凛としてるんだけど、ときには弱音を吐いて、愚痴って、泣いて……で、すっきりしたら、また明るく振る舞えるっていう」

彼方は照れ隠しのためか、空を見上げた。

「実乃里は、とにかくかわいいんだよ。性格がね」

彼方の告白に、僕はますます嫉妬した。

それは、彼方に彼女がいたからとか、彼女がいるのにどんな女子にも優しく応えるからとか、そういうことではなくて……。

『もっとバカになれ。単純に考えて、素直になれ』

マリア先輩の言葉を心で反芻する。

僕も彼方のように、自分を持ってまっすぐに進んでいきたい、そう思った。


翌朝、いつもより早く道場へ向かった。

というのも、昨日あずみは補習の途中で、学校を早退した。入学以来あずみが練習を休むなんて、初めてのことだった。

連絡先も家も知らない僕はマリア先輩にすがり、あずみの連絡先を聞いた。しかし先輩は、『明日の朝、道場に来な』とだけ言って、電話を切ってしまったのだ。

保育士の母が家を出る午前五時に、セットした目覚まし時計のアラームで目覚めた。朝のシャワーを浴び、母が握っておいてくれたおにぎりを食べ、豚汁をすすってから、制服に着替える。

その間に、窓の外が白んでくるのがわかった。

近所の犬の吠《ほ》える声、行き交う自動車、小鳥のさえずり、ジョギングのステップ、自転車のブレーキ、近所のお年寄りの挨拶。朝に聞こえる音や声は、どれもけっして大きく騒がしいわけではないのに、なぜか鼓膜を敏感に震わせる。

ガレージから自転車を出し、サドルにまたがる。そして夏の朝特有の、瑞々しい空気を吸い込む。

時季としては残暑でも、この辺りの夏はまだゆるんでいない。これから日中にかけて、ぐんぐん気温は上がるはずだ。今が、活動の始まりには一番適したタイミングかもしれない。

八幡《はちまん》神社の前を通り、その先を右折して大通りに出る。有楽街を縫うようにして抜け、消防署へと続く坂を上った。途中で左に逸れる道へ分かれ、この辺から立ちこぎになる。

上り終えたら、今度は左手に中学校のグラウンドを見渡しながらの急な下り。下りきって右へ曲がればちょっとした平地を挟み、右手に正門が見えてくる。

前方と後方に車がないことを確認し、助走をつけた。正門を入れば、またしても長い上り坂が待っている。

ここを自転車から降りずに上りきるのが運動部員のポリシーだ。

坂を上り終えたときには、既に下着もワイシャツも背中にべっとりと張りついていた。

いつもの場所に自転車を停めて、弓道場へ向かう。

まばゆい朝日が弓道場の奥まで差し込んでいる。道場のシャッターは既に上げられていた。僕より早く来て練習している部員がいるということだ。でも、マリア先輩の姿は見あたらない。

道場の中央にはひとり――あずみが弓を構えていた。

袴をはき、その下には真っ白な足袋が見える。彼女は微動だにせずに、矢を番えた姿勢で、じっと的を見つめていた。

邪魔をしてはいけない。自転車を降りたばかりで乱れている呼吸を制御しようと息を押し殺す。矢取道をゆっくりと、道場に向かって歩きだす。

あずみは、僕に気づいていない。

純白の道衣がまぶしい。道場に立つ彼女は、一枚の写真の中にいるようだ。ぴょんぴょんはねたり顔をくしゃくしゃにして笑ったりする普段の愛らしさとは違った、凛としたたたずまい。

あずみは的から顔を戻すと、ユガケを弦に懸けた。

『勝ち負けじゃなくて、どれだけ自分の世界を創り出せるかってことには、区切りとかゴールとかないんじゃないかな』

あずみが僕に言った言葉。

彼女は今、彼女自身と静かに向き合っている。

あずみが再び的に顔を向けた。僕の胸が大きく高鳴る。

ゆったりと弓を打ち起こす。白く透き通ったきれいな腕。

打起しを終えても、彼女の世界は時間の流れが外とは違うようだ。しばらく静止したあと、すうっと息を吸いながら、流れるように弓を引き分けていく。

小さな体が、その存在を際立たせるように大の字に広がった。左腕は的へ、右肘は道場の奥へとまっすぐに伸びる。胸を開きながら伸び合い、集中力を高める。

弓のしなり具合と張りつめる弦、そしてジュラルミンの矢の輝きとあずみの体、すべてが美しい。僕は彼女の空間に吸い込まれ、思わず見惚れる。続けて、あずみとの初めての出会いがよみがえってくる。

『時間が止まったみたい』

小声でそうつぶやいて、僕に笑いかけてきたあずみ。

あのとき既に、僕は彼女に恋をしていた。

あれから僕の気持ちはなにも変わっていない。変わらないどころか、彼女のことをもっともっと好きになっている。

矢が放たれ、的を射抜く。スパンッという、この世で最高に幸せな音が、空に高らかに響き渡った。

あずみは両腕を伸ばし、全身で大の字を描いたまま静止している。目を的に向けたままだった彼女の瞳が、きらりと光った。表情を崩さずに、構えも直さずに、ただ立ち尽くしたまま目を潤ませている。

あずみ、どうしたんだろう。

静かに道場のドアを開けた。

彼女はびっくりした表情で振り返る。

「おはよう」

さわやかに、優しい表情を作ったつもりだったけれど、きっとうまくはいかなかった。先日のプールでの件を、まだあずみにちゃんと話せていない。

「おはよう」

あずみは急いで目元をぬぐう。

「ゴミが入っちゃって、すごく痛いの。もう、やだ」

根が素直な子だから、その理由がウソなのはなんとなくわかる。声も上ずり、いかにもとってつけたように聞こえる。

「秀くん、ありがと」

あずみがはにかむ。

僕が彼女に、感謝されてる？　いったい、どういうことだろう。

「わたしが昨日調子悪くて早退したこと、秀くんが心配してくれてるって、マリア先輩からメッセージもらったの。体調が戻ったら、朝、道場に来てっていう、伝言も」

マリア先輩……あなた、聖母だ。

「一緒に引いていい？」

激しく打ちつける心臓の鼓動をあずみに気取られないように、なるべくゆっくりと穏やかに聞いた。

あずみはひと言、「うん」とうなずく。

部室で着替えてから道場へ出て、正座してユガケを挿す。

あずみは的前に立ったまま、矢は番えずに、静かに目を閉じている。心を落ち着けているのか。いや、少しだけ顎を上げている。なんとなく、なにかをこらえようとしているようだった。

弓と矢を手に取り、あずみのうしろの射位に入り、的を見ながら踏み込んだ。顔を正面に戻し、胴造りをする。

あずみの小さく愛らしい背中を見つめながら思った。

初めて彼女と出会った、新入生向けの見学会のときと同じ光景だ。

でも、あのときと違って、僕たちは道衣を着て袴をはき、弓と矢を手にしている。あれからもう、五カ月近く経つ。

ふたりそろって、同じタイミングで矢を番える。

わざと合わせたわけでなく、自然と同時に体が反応した。水面や鏡に映った自分の姿を見るように、ぴたりとそろった。

的を向く。呼吸を整える。肘を掲げて、弓をゆったりと打ち起こす。一つひとつの動作が心地よかった。腕を高く上げたまま、弓と弦を持った両こぶしを的へと向ける。

これまでの人生、まったく違う場所で、まったく異なる友人たちと、それぞれにいろんな経験をして、たまたまこの高校にやってきて、同じように弓を選んで。今、同じ場所に立っている。まったく同じ動きをしている。

真野あずみ――その名前も存在も、この高校で出会うまで知らなかったというのに。大きな星の、広い世界の中で、なぜか今、並んで弓を引いている。

この、奇跡とも言える巡り合わせ。どれだけの確率で、こうなる?

矢を、あるべき位置に帰すように、大きく悠然と引き分けていく。

弦を引き込み、全身で伸びている状態が〝会〟だ。そして会は、矢を射る瞬間、〝離れ〟になる。会うものは必ず離れる。出会いと別れとか。生と死とか。

弓道という武道だからこその、奥深い世界。この感じが好きだ。

矢は、二本そろって、それぞれの的の中心付近に吸い込まれた。

いつもの、スパンッという幸せな音が高らかに空に響き渡る。

この瞬間をずっとふたりで共有したくて、しばらく残心を取り続けた。

木々のざわめきが耳に届く。そして、うっすらと漂う草の香りが鼻腔《びくう》をくすぐる。

そろって弓を下ろし、射位から後方へと退いてから、あずみが振り返った。

「なんか深いよね。弓って」

涙をぬぐった先ほどの彼女ではなく、初めて出会ったときの、キラキラとしたあずみがそこにいた。大きく澄んだ瞳と、それを覆うかわいらしいまつげ。

そういえば、かつての僕は、そのまばゆいばかりの彼女の存在に耐えられず、急いで視線を外してしまったな……、と心の中で笑う。

「今まで引いた弓で、一番気持ちよかった」

あずみがうれしそうに言う。僕にはその言葉こそが最も喜ばしい。

「俺も、こういう感覚、新鮮」

「なんでだろうね」

あずみとふたり、顔を見合わせる。

「俺たち、シンクロしてたよね」

「シンクロって？」

「動きがぴたっと合ってた。矢を番えてから離すまで、合わせたわけじゃないのに、ずっと合ってたよ」

「え、ホント?」

彼女が幸せそうな笑顔を見せた。

「うん、ホント。会に入った瞬間、時間が止まったみたいだった」

「あ、それ……」

そう、あずみが初めて出会ったときに言った言葉だ。

目を伏せた彼女がゆっくりとつぶやく。

「ありがと」

しっとりとした声音。

あずみの肩が小刻みに震えた。泣いているのかと思ったら、クスクスと笑いが漏れてくる。彼女は射場を数歩進み、空を見上げた。

「シンクロかー」

あずみはどんなことを考えて、どんな顔をして笑っていたのだろう。

その背中は、新しい時間に向かってなにかを始めようとしているようだった。

第四章　ふたりの秋

あっという間に夏休みが終わったと思っていたら、九月もいつの間にか過ぎ去り、十月は文化祭だ。高校生活、怒涛《どとう》のイベント尽くし。まさに光陰矢《こういんや》の如《ごと》し。

文化祭は、前夜祭を含めて二日間行われる。

前夜祭ではグラウンドの真ん中にステージが設営されて、周りにたくさんの提灯がぶら下がった。

昼の『叫ぶ会』というイベントでは、三年生の先輩たちが、受験勉強中に溜め込んだ鬱屈《うっくつ》した感情を爆発させるように、社会、クラスメイト、思いを寄せる人たちへのメッセージを絶叫。たくさんの三年男子の先輩たちがマリア先輩への（一方的な）愛を叫んでいた（そして、どうやらみんな、撃沈した模様）。

日が暮れると同時に、舞台は音楽祭のステージに変わった。サックスの演奏あり、先輩たちによるロックバンドの出演あり、吹奏楽部によるクラシックありと多彩な演奏に盛り上がった。

そして二日目。朝から各クラスと文化部の出番。教室にジャングルジムや立体迷路を作るクラス、地域の小学生向けに的当てゲームやヨーヨーすくいをやるクラス、ミニミュージカルを上演するクラスなど、実にさまざまな催しが行われた。

僕のクラスはお化け屋敷だ。窓ガラスをすべて黒カーテンで覆い、ダンボールで壁を作り、教室内に複雑なルートができあがった。クラスの半数以上が運動部に入っている中、いったいだれがこんな準備をしたのか。すさまじい手の込みようだ。

一方、僕はというと、部活動を優先していたため、ほとんど準備には参加していないわけで……。クラスのみんなにはホント、申し訳ない。

当日の役割は既に勝手に決められていた。こんな僕にも重要な役が。

ダンボールの壁の裏から、釣竿《つりざお》でこんにゃくを吊《つ》るし、入ってきた人の背後から、首筋にそのこんにゃくを当てるという。いやあ、重要な役だ！（わーい！……）

午前中は、ひたすらこんにゃくの操作に集中した。

高校に隣接する鴨江《かもえ》小の子どもたちのリアクションは、こちらがにんまりするくらい上出来だった。

黒塗りのダンボールの壁に開けた小さなのぞき穴から、入ってきた子どもの立ち位置を窺う。そしてここぞというところで釣竿を上げ、吊るしたこんにゃくを首筋に近づける。

それが触れた瞬間の「うぎゃー！」という叫び声。ときに泣きだす女子児童もいて、申し訳ないなと頭をかきつつも、お化け屋敷の醍醐味《だいごみ》を提供できた達成感があった。

途中、マリア先輩がクラスメイトとやってきた。彼女の首筋にこんにゃくがつるっと触れたときの声といったら、それはもう、すごかった。声というより、地響きのようなうなり。やったのが僕だと知られたら後世まで祟《たた》られるので、そのあとしばらくダンボール裏で息を潜めたのはここだけの話だ。

午前中の三時間、ずっと釣竿を持っていたせいで肩と腕がだるくなったため、クラスメイトにその役をバトンタッチし、お化け屋敷を出た。廊下でちょうど彼方に会ったので、そのまま家庭科室で開いている軽食コーナーへ向かう。

「彼方のクラスはどんな出し物してるの？」

家庭科室の調理台に腰かけると、買った焼きそばのふたを開けながら聞いた。

「ウチのクラスは『ゲームの達人』ていうネーミングで、クラスのメンバーと参加者が対決する催しだよ。トランプとかオセロとか、あと、囲碁、将棋、こま、他にもいろいろあったな。三つの対戦に勝つと景品がもらえるんだ」

彼方は得意げに話してから、焼きそばを頬張った。ソースのいい香りが漂う。

「へえ、おもしろそうだね」

「二年生のクラスなんか、もっと凝ってたよ。教室内にプラネタリウム作ったり、円形舞台でミュージカルやったり……。勉強や部活の合間によくあそこまで準備できるなあって」

「そっかー。中学とはバイタリティが違うね」

「ホントすごいよな」

ひとしきり感心したあとは、ふたりで焼きそばに夢中になる。

「おう、彼方に秀、そろってここにいたのか」

「うわあぁ！」

かけられた声の方向を振り返った瞬間、のけぞって椅子から落ちそうになった。彼方は食べていた焼きそばをのどに詰まらせたのか、何度もむせている。

僕たちの前に、金髪にドレス姿のセイタが立っていた。

「ワタシのこの格好、どうかしらん？」

セイタが甘ったるい声を出しながらドレスの裾を上げる。すね毛は剃《そ》ったようでつるりとしている。

もともと小顔な上にフェミニンな色気を醸していたせいか、セイタの容姿は女装の域を超えてかわいかった。ふと周りを見渡すと、家庭科室で食べ物を売っていた女子たちの視線も彼（いや、彼女？）に釘づけだ。

「セイタ、だよね……」

一応、念のために確認。

「今日はセイコよ」

セイタがなぜか誇らしげに胸を張る。

「地域のお年寄りがかわいい娘さんだって大喜びでさ。人に感謝されるって、なんか気持ちいいよな」

地域貢献の仕方が明らかに間違っている……。

「そういえば秀、写真部のパネル展、見た？」

セイタが周りの男子にウインクを送りながらさわやかに聞いてくる。

「パネル展？」

「なんか、写真部の連中がいろんな部の活動風景を撮影したらしくてさ、弓道部のメンバーも何人か撮られてたよ」

「その中に俺も？」

「そう。秀、いい感じで写ってた。あとはマリア先輩とかあずみのもあったな」

あずみの写真。いったいどんな姿だろう。

「よりによってワタシのがないって、センスないわよねー」

〝セイコ〟が口をとがらせて拗ねた。

「ちょっと見に行かない？」

僕が彼方を誘うと、セイタ改めセイコが、思い出したように言う。

「あ、そういえば、さっき彼方のクラスの男子たちが彼方のこと探してたわよ。ラスボスどこ行ったぁ！って」

彼方は突如立ち上がって頭を抱える。

「もう俺の出番か⁉　ゆっくりしすぎた。秀、悪い。俺、行くわ」

「彼方、行っちゃうの」

僕の問いに「ホントごめん！」と背中で答えて、彼方は教室を飛び出していった。

セイタとも別れ、僕はしかたなくひとりで写真部がパネル展をやっている一階に向かった。元は会議室だった会場は、入り口に大きな胡蝶蘭《こちょうらん》が飾られていたからか、だれか有名写真家のギャラリーかと見まがう華やかさだ。

中に入ろうとしたとき、ちょうどあずみとばったり会った。

「あれ、あずみ」

「秀くん」

あずみは驚いた顔で僕を見る。彼女は制服姿で、連れはいないようだ。

「女子は、このあと演武じゃなかった？」

文化祭中は運動部も催しをすることになっている。バスケットボール部であればフリースロー大会をしたり、野球部であれば地域のリトルリーグと合同練習をしたり。弓道部はというと、みんなで演武の予定だ。

地域の方々の前で弓を引く。午後の早い時間に女子、夕方に男子が行う予定になっていた。

「うん。まだ少し時間あるから見に来たの。さっきまでマリア先輩も一緒だったんだけど……、なんか途中で気分がすぐれないって、保健室に」

「あのマリア先輩が体調崩すなんて……」

「お化け屋敷に入ったとき、とっても気持ち悪いなにかが首筋に当たったみたいで、それからずっと具合悪いみたい」

まずい……。すみません、それ僕の仕業です……。

とは口が裂けても言えず、僕は「心配だね」と眉を寄せる。

僕たちは、そのままふたりで中へと入った。

室内は衝立パネルで入り口から出口までを蛇行するように仕切られている。壁やパネルには何枚もの写真が飾られていた。

カラーもあれば、モノクロもあり、ノートの見開きくらいの大きさのものからポスターサイズまで多様だ。テーマは部活動らしく、いろんな部の活動中の様子が写っている。

最初に目に飛び込んできたのは、野球部のメンバーが十人ほどグラウンドに束になって寝転んでいる写真だ。練習のあとなのか、顔もユニフォームも泥だらけだった。みんな満足げに満面の笑みを浮かべている。

隣に目を移す。今度は着物姿の女性が、艶のある表情で琴を奏でている。白くて長い、美しい指をしていた。そしてその隣は、女子やり投げ選手の、まさにやりを投げるその瞬間だ。溜め込んだ力を一気に解放する際の、肩甲骨から二の腕にかけての肩周りの筋肉の張りが、エネルギーに満ちている。

「わたしたち、普段自分たちのことで精いっぱいだから、あんまり他の部活のこととか見てないけど、なんかこうやって改めて写真で見ると、どの部活もすごくカッコいいな」

あずみの言葉にしみじみとうなずく。

一枚一枚ゆっくりと鑑賞しながら先に進んでいくと、ちょうど部屋の中ほどのパネルにマリア先輩の写真が見えた。弓を引き分けて会に入ったときの、集中した表情。マリア先輩の射はこれまで近くで何回も見ているのに、写真として現像されたものはまったく別の世界の景色のようで、初めて見る感覚だった。

「あ、秀くん、写ってる」

あずみの声に振り返ると、マリア先輩の向かいのパネルに僕の写真がかかっていた。

「一生懸命さが伝わってきて、いいね」

彼女は僕の写真をまじまじと見つめる。

なんだかうれしいような、恥ずかしいような、複雑な心境。いや、でも、やっぱりうれしさが勝る。

写真は、僕が的前で看的しているときの、声を張り上げている姿だった。矢が的を射たときに発する「ティエー」という、弓道部独特の発声。おそらく四月くらいの、弓を引かせてもらう前の頃の写真だろうか。

まだ数カ月しか経っていないのに、なんだかひどく昔のことのように感じられる。

写真の僕は、声を出すことだけに全神経を集中させて、ただがむしゃらに叫んでいた。

あまり長く自分で自分の写真を眺めるのも照れくさく、次の写真に目をやる。

袴姿の男子の射位に立つ凛々しいうしろ姿。顔は見えないものの、その細身の長身と、すらりと伸びた腕は——彼方だ。これから射る一射に気持ちを集中させようと息を吐いた瞬間だろう。写真を通して、そのときの緊張感や息遣いが伝わってくる。

そして、彼方の写真の隣には、顔をくしゃくしゃにして笑っているあずみが……。

隣を見ると、あずみが顔を真っ赤にしている。

「ベストショットだね」

「わたし、このとき、なにに笑ってたんだろう」

「え、覚えてないの?」

弓道場の中で、ただ弓を抱えて笑っているあずみ。練習の合間だろうか。だれかとしゃべっているわけでもなく、周りにもたくさんの袴姿が見える中で、まるで、ぱっと咲いた向日葵《ひまわり》のようだ。モノクロームでありながら、その写真には暖かな色が感じられる。ただそこにいることが幸せでたまらないというように。

うしろから来賓らしきＰＴＡ役員の一団がやってきたので、しぶしぶ次のパネルに移る。本当は、できることならずっと、あずみの写真を見ていたかったけれど。

その先もいろんな部活動の写真が続いた。テニス部の、必死にボールを追いかけてラケットに当てた瞬間や、ラグビー部の、体と体の激しいぶつかり合い。そして教室の窓辺で柔らかい日差しを浴びながらパッチワークをしている家庭科部など、みんな輝いている。

次々と現れる青春のきらめきともいえる顔たちを見ながら進んでいくと、弓道部の写真が飾られていたパネルの辺り。つまり今僕たちが立つパネルのちょうど裏側から声が聞こえた。

他にもお客さんはたくさんいて、それぞれのしゃべり声は気にならなかったけれど、ひときわ甲高いその声音と、発せられた言葉に意識が向く。

「ねえ、見て、見て。真野の写真見つけたよ！」

「なにあいつ、テニスやめて弓なんかやってんの」

いずれも女子の声だ。『あいつ』とか、『なんか』とか、聞き捨てならない言い方。顔は見えない。ただ、あっけらかんとしたものの言い方に、ひどく侮蔑したニュアンスがこもっている。

僕は振り向きながら「あずみ」と声をかけようとして、すんでのところでそれを飲み込む。彼女の引きつった横顔が見えたから。

握っていたこぶしが、いつの間にか汗ばんでいるのに気づく。

パネルの下をのぞくと、エンブレムの入った深緑のハイソックスが見える。たしかここからはだいぶ北のほうにある、比較的新しい私立高校の制服だ。有名デザイナーのプロデュースらしく、三年くらい前のニュースで話題になった。

部活動を終えて、夜に有楽街を自転車で抜けていくときにも、よくこの制服を目にする。茶髪にネイルアートを施した長い爪の女子たちは、遠めに見るとみんな同じように見えた。

「知り合い？」

あずみにささやく。でも、彼女は硬直したまま答えない。

僕は言いようのない不安を押し殺し、パネルとパネルのわずかな隙間から向こう側を窺う。先ほどの声の主を含むミニスカートの三人が見えた。ここから二、三メートル先。僕の視線には気づいていない。

リーダー格らしき女子が腕を組んだまま、表情を崩さずあずみの写真を見ていた。上半身は薄いピンクのシャツで、胸元には赤いリボン。黒髪のストレートヘアと長いまつげ。表向きは明るく振る舞いそうなものの、なんとなく目がきつい。

彼女のうしろに他ふたりの女子が控えている。どちらも茶髪に目元を黒く塗りたくった厚化粧で、有楽街でよく見るタイプ、そのままだ。

取り巻きの茶髪たちに、黒髪の侍女《じじょ》をしているという気はないのだろうけれど、その場の空気を支配しているのは黒髪だった。ちらりと見ただけで、異性のことには鈍い僕でも、それにはすぐに気づく。

あずみを振り返ると、彼女は深くうつむいていた。顔には髪がかかり、表情は見えない。僕はパネルに背を向け、かばうように彼女に寄り添った。

「ウチらの前から逃げてったと思ったら、まさかこんなところにいるとはね」

パネルの向こうから聞こえるのは、たぶん、茶髪のうちのどちらかの声だろう。

「ホシナがハブってから大人しくなってスカッとしたけど、なんか、あいつのこういう写真見ると、またムカついてくるよね」

これもおそらく、もう一方の茶髪だ。

あずみがこんな言われ方をしているのが信じられない。

初めて彼女とふたりきりで歩いたときに、中学の部活のことを尋ねた。あの瞬間、あずみの表情が曇ったのを思い出す。

いったい、なにがあったというんだ。

よく見ると、あずみはぎゅっと下唇を噛んでいる。

「ホシナの男を横取りしたときの顔、思い出しちゃったよ」という茶髪のどちらかの言葉に、「わたしが男を奪われたわけ？」と、急に今まで聞かなかった声が飛ぶ。

これがおそらくホシナと呼ばれていた黒髪だろう。低い声ではない。声質はよさそうだけれど、語尾に言いようのない貫禄《かんろく》というか、気迫のようなものがにじんだ。

「あ、ごめん、そんなつもりじゃなくて」

茶髪が萎縮した声で謝る。

すぐさまもう一方の茶髪が、「真野がちょっかい出してきたのをホシナが追い払ったんでしょ」と語気を強めて訂正した。

「真野ってさ、あのことがあってから、中学卒業するまで一度もわたしと目ぇ合わさなかったんだよね」

ホシナと呼ばれた女子の、乾いた笑いが漏れる。

「今わたしら見たら、どんな顔するんだろう。見ものだね」

取り巻きの下品な笑い声が腹立たしい。

あずみの小さなこぶしが、固く握られていた。

＊　＊　＊

『知り合い？』

すぐ耳元でわたしにかけられたはずの秀くんの声は、まるで幾重ものフィルターをかけたようにほとんど聞こえなかった。本当だったらこんなとき、表情ひとつ変えずにやり過ごすか、愛想笑いか作り笑いでも浮かべられたらよかったのに。

でも、わたしにはそんな反応はできなかった。頭の中に、中学時代の教室でのことがフラッシュバックする。これまでに、何度も何度も見た光景が。

『真野って、男には媚びて、女には冷たいよね』

『自分に都合が悪いと、いっつも黙りこくるんだ』

『ホント、サイテー』

教室の中でかけられた言葉が、いくつも重なり合ってこだまする。

――わたしは中一の春、入学式の前日に札幌から引っ越してきた。

最初はたぶん、うまくやれていたと思う。小学校のときにも父の転勤でいろんな場所を回ったから、今度だってうまくいくと信じてた。挨拶も、笑顔も忘れない。でもけっして出しゃばらずに、みんなと同じように振る舞おうと努力だってしてた。

それから二年になって、クラスが変わって、ある男の子と席が隣になる。その人はとても気さくで優しくて、すぐに仲良くなった。

その頃は、好きとか嫌いとか特別な感情を持っていたわけじゃない。席が隣だった子から親しくしてもらえたことがうれしかっただけだ。

ただ……ある日、わたしが筆記用具を忘れたとき、困っているわたしを見て、その男の子がシャーペンを貸してくれた。男の子は、単に親切心からそうしてくれたようだった。

くまの絵柄の、かわいい感じのシャーペン。

男の子でもこういうの使うんだ……。男子とほとんど接したことがないから、その程度にしか考えなかった。それに、せっかくの厚意を断ったら角が立つ。当時はそういうことも気にしていたんだと思う。

でも、それをわたしが使っているのを、ホシナさんが見ていた。

実はそのシャーペンは、彼女が男の子の誕生日にあげたものだと、あとで知った。

それからだ。最初はこちらから声をかけても無視されて。しばらく経ち、今度は席にひとりで座っていると、周りからわたしを揶揄《やゆ》するようなヒソヒソ声が聞こえてくるようになった。ちょうどこちらに、聞こえるか聞こえないかくらいの声。

みんながみんな、そういうことをしてきたわけじゃない。ごく一部の女子だ。それに、彼女たちからも、直接的にイヤがらせや暴力を受けたことはない。

でも、毎日が憂鬱だった。周りの子は、自分が標的にならないように、わたしとは少し距離を置いていた。声をかければ挨拶だって返事だってしてくれたけど、でも一緒にご飯を食べたり笑い合ったりすることはなくて……。

ホシナさんも同じテニス部だったから、イヤな空気はそこでも広がった。ふたりひと組でラリーをするとき、わたしと組んでくれる同級生がいなくなった。あれはけっこうきつかった。

だんだん部活にも行きづらくなって、結局、中三の夏を待たずに途中でやめてしまった。

そういうことを、先生には相談しなかった。もちろん、母にも。

先生に言ったところで、なにかが変わるわけでもない、そう思ってしまった。母に打ち明けたら、きっと父にも相談する。ひょっとしたら、『転勤のせいで』と心配してくれたかもしれない。でも、それだって結局、なにかが変わるきっかけにはならないと考えた。

ただ周りの人たちを不安にさせるだけ。こんなの、全国どこにでもよくある話。ちっちゃなことなんだからと、自分を無理やり納得させたのだった――。

「真野、どこにいるんだろう。探そうよ」

「一年の教室とか、弓道場、回ってみる?」

「あいつ、どんな顔するんだろう」

急に意識が戻る。そうだ、今は文化祭で、ここはパネル展。

自分の前にあるパネルの向こう側から、ホシナさんと、『獲物を捕獲しに行くぞ』と言わんばかりに他の子たちの声が弾む。

そのとき……わたしは手首をとられた。

秀くんだった。彼は自分の口元に人差し指を立てている。『静かに』というジェスチャーだろう。そのまま腕を引かれていく。

目の前の写真から進行方向に体を移しつつ、パネルの向こう側のホシナさんたち三人に顔を見られないように注意して、そのまま出口へと向かった。

会議室を出てからは、廊下を走った。わたしは手を引かれたままだった。

彼は背後を振り返って、ホシナさんたちがまだ出てきていないことを確認する。

楽しい文化祭の最中、手を引き、手を引かれ、走る男女。そんなわたしたちを、すれ違う生徒が時折、振り返る。

でも、秀くんはそんなこと、少しも気にしていないようだった。その顔は、いつもの温和で控え目な秀くんじゃない。焦って、思いやって、必死になってくれている。わたしなんかのために。

思わず、また自虐的になった。

――中学時代のわたしは、なにもしなかった。ホシナさんたちに無視されて、陰口を言われて、居場所がなくなって……。だったら、このまま時間が過ぎるのを待とう。そう心に決めてしまったのだ。

そうして、ただ卒業するまでの間、考えていた。高校はあの子たちが行かない高校を選ぼう。遠くたっていい。わたしのことを知らない人たちと、リセットしてもう一度やり直そう。今までだって何度も転校して、そのたびにうまくやってきたんだから。だから、わたしは大丈夫。きっとうまくやれる。

そんな思いを抱いてやってきた、この高校。でも、中学で味わった心の痛みは、そんなに簡単には消えてくれないようで……。

入学式当日は、なかなかベッドから出られなかった。

高校でも同じことが起こったら、もう、わたしの居場所はない。

思うほどに怖くて、緊張して、式のために体育館に集合するときにも、足がすくんでしまって、なかなかうまく歩けなかった。

昇降口正面の、体育館に通じる廊下。うしろから押し寄せる人波に飲み込まれるように、わたしはどんどん抜かされていく。ちょうどだれかと肩がぶつかり、思わずよろけてしまった。壁に手をついて、なんとか転倒は免れたものの、情けなさで気持ちが押しつぶされそうになった。

そんなときだ。ひとりの男の子が、わたしに手を差し伸べてくれた。

わたしは彼に手をとられながら、なんとか態勢を立て直す。

『大丈夫?』

『うん』

伏し目がちな彼は、安心したように体育館へと向かっていく。たったひと言、交わしただけ。それなのに、彼の背中を見送りながら、無性に胸が熱くなったのを覚えている。

それから、入学式を終えて下校するとき、同じ場所でもう一度、彼を見つけた。

廊下の壁には、新入生を勧誘するために、いろんな部活動のポスターが貼られていて、彼はその中のある一枚をずっと見ていた。

ポスターを〝ずっと〟眺めていた彼を、わたしも〝ずっと〟観察してしまったのだから、傍から見ればちょっと怪しかったかもしれない。

でも、すごく気になった。

あとで知った、彼の名前――葛城秀くん。彼の横顔は、ポスターに吸い寄せられたように真剣そのもので。だから、彼が行ってしまってから、すぐにそのポスターに駆け寄ってみた。

するとそこには、袴姿で凛々しく弓を引き分ける金髪の女性が写っていた。まだ名前も知らなかった、とてもきれいな先輩──マリア先輩。そのときは、本当のモデルさんなのだろうと思った。

　ところで彼は、この女の人に見惚れていただけなのだろうか。ううん、たぶん違う。あの真剣な眼差しは、なにか別の思いを抱いているようだった。

　彼は新入生？　もしそうなら、弓道部に入るのかな。

　今度はどうしてもそれが気になって、入学式のあとも落ち着かない。

　だったら、確かめてみよう。わたしにしては大胆な考えだった。

　新入生のための見学会。初めて足を踏み入れた弓道場。

　あ、やっぱり来てた。しかも同級生。

　わたしは彼──葛城　秀くんを見て、ひとり心の中で小躍りしたのを覚えている。

　まるで、世界で一番ステキな奇跡に出会ったみたいに。

　一年生はみんな制服姿のまま、矢を番えずに弦を張った弓だけ持って一列に並ぶ。

　いっせいに射位についたから、彼がどの辺りに立ったのかはわからなくて。だから
ちょっとだけ背後を振り返ってみたのに……まさか、わたしのすぐうしろに彼がいるなんて、もうびっくり。目が合うと、すぐに向き直ってしまった。

　挙動不審だと思われたんじゃないか……。

　羞恥心と後悔がない交ぜになって、わたしの心拍数を急上昇させた。

興奮を抑えて弦を引いてみる。素手だからかもしれないけど、全然うまくいかない。すごく難しい、と心で思ったとき……。

『意外と難しいんだな』

うしろからつぶやきが漏れた。彼は、わたしの思いと同じことを、同じタイミングで口にした。わたしはそれがあまりにうれしくて、魔法にかかったように、彼を振り返る。

『たしかに、難しいね……。ただ弓を引くだけでも』

自分でも信じられないくらい、自然と話しかけられた。

そんなふうに彼と交わしたちょっとしたやりとりが、わたしを勇気づけてくれた。入学式を迎えるまで不安に押しつぶされそうになっていたのがウソのように。

『弓って、楽しそうだね』

彼のそのひと言で、わたしは弓引きを志す決意をした。

ふたりで行った川中弓具店のことも忘れられない。

彼が主将にお遣いを頼まれたとき、わたしも思わず立候補した。それは、中学時代には絶対にしなかったこと。

『真野は男に媚びるよ』

かつては、そんな陰口ばかりが聞こえてきたから。

でも、ここの人たちは違うって、信じたかった。同級生の女の子たちも、彼方くんもセイタくんも先輩たちも、みんないつだってキラキラしてる。弓という、ひとつのことでつながる心地よさみたいなものが、ここにはある。そう感じてたから。

だから手を挙げられたんだと思う。

彼はなんとなく、かつてのわたしと似ていた。『どういうとこが？』と聞かれて、『新しい自分を求めてるところとか』と答えてから、急に恥ずかしさが込み上げてしまったのだけど。それでも彼は笑顔で応じてくれた。

肩に力を入れなくても、正直に自分を出せる人。言葉にしなくても、時折テレパシーのようにわかり合えるときもあって、不思議な人。

そんな彼から初めて『あずみ』と呼ばれて舞い上がってしまったのを、彼は気づいただろうか。

わたしもドキドキしながら『秀くん』て、初めて呼び返してみた。あのとき彼は、どんな表情を浮かべていたのかな。戸惑ったかも。わたし、マジメなこと言いすぎたから。

なんとなく変な間ができて、緊張で胸が張り裂けそうになって、彼方くんの話をしちゃった。もっと秀くんのこと、聞きたかったのに。

そうそう、マリア先輩の最後の試合のあとの、彼とセイタくんのケンカ。あれには驚いた。ふたりともマリア先輩のこと、大好きなんだなって、改めて思った。

わたしだって先輩のことは大好きだ。同じ人のことを同じだけ好きになっている人たちがいるのって、こんなに幸せなことなんだと、みんなと出会って初めて知った。

それに、秀くんて、ホントすごいと思う。他人のためにあんなに一生懸命になれるなんて。うらやましい。

だから、花火のあとのプールで彼が急に怒ったように見えたときには、頭がパニックになりそうなくらい、不安でたまらなかった。なぜだか急に中学のときのことを思い出した。なにか、わたしが無意識のうちにとった態度が原因なんじゃないかって。

一度悪いほうに考えると、もう止まらなくなる。彼とは疎遠になり、楽しかった日々は終わってしまうのではないか……。ダムに開いた小さな穴は、やがて厚い壁を破ってしまうというけれど、わたしの心にうがたれた一抹の不安は、恐怖とか絶望と呼べるくらい大きくなっていた。

でも、マリア先輩からのメッセージで、少しだけ秀くんの気持ちを知ることができた。

彼は、わたしの態度に対してではなく、彼自身の中で整理のつかない思いに苛立っていたんじゃないか、って。だからしばらくは、そっと見守ってあげればいいよ、って。

先輩が教えてくれた、秀くんの抱えていた胸の内。彼が何を悩んでいるのか、正直……わたしにはよくわからない。だけど、彼がもしひとりで悩んでいるのなら、寄り添ってあげたい。だって、秀くんのいつだってひたむきな姿に、わたしはたくさん勇気づけられてきたから。いつかわたしになにかできることがあったら、彼の支えになりたい。

夏補習を早退した日の翌朝。そんなことを思いながら弓を引いたら、なんだか泣けてきた。今振り返ると、それがなぜなのか、ちゃんとは説明できない。

憂《うれ》いや安堵、いろんな感情が一気に湧き上がってきたのかもしれない。

そこに、彼が現れた。

一緒に見つめた的。並んで引く弓。それだけで雪解けのように心が温まるなんて、本当に不思議。

そういえば、前に柊先生が言っていた。

『大人がさ、日常の中で弓引いて矢を射るってないだろ。武士じゃないんだから。そう考えると、お前さんたちがこうやって今、高校時代に弓を引いてるのは、見ていておもしろいもんだ。狩りをするわけでも殺し合うわけでもない。ただ、的を狙う。そう、ただそれだけ。だれかに邪魔されることなく、的はいつでもそこにある。そこが弓の魅力なのかな。それに一生できるだろ。めったにないぞ、こんなスポーツ。自分の射で自分を見つめ直す。弓の道っていうのは、自分を磨く道なんだろうね』
そのとおりだと思う。それに、先生が話してくれたことに加えて、わたしにはもうひとつ、弓を始めてわかったことがある。
『シンクロしてたよね』っていう、彼の言葉。
同じ思いでだれかとつながれる瞬間があるのだと、秀くんが教えてくれた——。

＊　＊　＊

僕はあずみの手を引いたまま、渡り廊下を抜けて体育館の裏に回った。コンクリートの敷かれた、男子たちがいつも着替えや食事をしていた場所だ。

辺りを窺う。僕たちの他にはだれもいない。あずみが軽く息を切らしていることに気づき、慌てて手を放した。

「ごめん、焦っちゃって」

「ううん、大丈夫」

彼女は胸に手を当てて深呼吸する。

「さっきのホシナって子たち、知り合いなの？」

急にあずみの表情がこわばる。一瞬瞳孔《どうこう》が開き、黒目が左右に小刻みに揺れた。

「中学のときの同級生っぽかったけど」

「う、うん……」

喉にモノでも詰まらせたかのような返事。

なにがあったのか、できればすぐさま聞きたい。でも、いつもとは打って変わって不安げなあずみの表情を見ていると、そのまま力なく座り込んでしまうのではないかと心配になる。

「もし俺にできることがあったら、なんでもするから」

彼女を守りたい。その一心で、なんとか声をしぼり出す。

あずみは黙ったまま、なにかを頭の中で整理しているようだった。

そして、どれくらいの時間が過ぎただろう。

たった数秒のようにも、あるいは数分経ったようにも感じたとき、さあっと潮が引いていくように、彼女の顔から迷いが消えた。

「中学のときにね――」

あずみは、教室であったやりとりも、苦しかった思いも、すべてを話してくれた。

その中には、だれかを攻撃するような罵声や、薄暗い恨みつらみはなかった。そこがなんともいじらしい。

あずみは話し終えてから、自嘲気味にフフと笑った。

「わたしが通ってた中学からは、距離があるからかな……、毎年二高に行く人ってほとんどいなくて。自分のことを知っている人が少ないところでまたがんばろうって思って、一生懸命勉強して、それでこの高校を選んだの」

胸が熱くなる。こんなに純粋でがんばり屋の彼女が、些細なきっかけで理不尽なイヤがらせを受けてきたなんて……。

「ホシナさんたち、道場にも来るよね」

うつむく彼女の声が、わずかに震える。

「たぶん」

彼女たちに見つかるのは、時間の問題だ。

あずみが急に、ふうっと息を吐く。

「わたしも、ダメなんだ」

長いまつ毛を伏せたまま、彼女は続ける。

「花火のあと、プールサイドで秀くん、話してくれたでしょ。中学時代のこと。部活の先輩やチームメイトに不満を感じるだけで、なにもできなかった。自分から気持ちを伝えられなかったって」

「うん」

たしかに言った。あずみに自分の弱さを、素直に伝えておきたかったから。

「その話を聞いてるとき、わたしも同じだって感じたの。結局、転校ばかりしてた境遇のせいからかな。人の顔色窺って、言いたい気持ちを飲み込んで、なにも起こらなければいいと願って、自分が耐えればいいと思ってた」

あずみの想いが、とめどなくあふれる。

「ホントはいつだって変わることができたかもしれない。シャーペンのことは誤解だからって、堂々と言えばよかったのに。イヤなことされて、イヤだってちゃんと伝えればよかったのに。わたしはそうしなかった。二高でがんばろうって思ったのはたしかだけど、もし彼女たちに『逃げた』って言われれば、そうなのかもしれない。ちゃんと向き合ってこなかったんだもん」

一気に吐き出したあずみの、呼吸が荒い。彼女の両こぶしは強く握られている。

「全然そんなふうに見えないよ」

語気を強めた僕に、あずみが顔を上げる。

「それだけ過去を悔やんで、ちゃんと自分を変えようって努力してきてるんだもん。もう、あずみは今までのあずみじゃないはずだよ。少なくとも俺は、心からそう思ってる」

「ありがと」

やっと、彼女の顔がほころんだ。

「着替えるから、行くね」

彼女は、このあと始まる演武に出るつもりだ。

「大丈夫？」

思わず聞いた。ホシナたちが道場に来たら、あずみはどんな反応をするのだろう。彼女たちにまた、心を傷つけられないだろうか。やはりまだ、不安は残る。

「うん、平気」

そう言う彼女の頬はずいぶんと紅潮している。

相変わらず、ウソをついたりなにかを演じたりするのが下手だ。全然、平気なんかじゃないはずなのに。でも、そんなあずみだからこそ、心から応援したいし、支えたい。健気に強がる彼女のことを勇気づけたい。

「あずみが言った言葉、俺、好きだよ」

あずみは、「ん？」というふうに小首をかしげる。

マリア先輩のことで僕がセイタとケンカしたあと、教室であずみが僕に語りかけてくれた、あの言葉。

「勝ち負けじゃなくて、どれだけ自分の世界を創り出せるかってことには、区切りとかゴールとかないって」

つらかった経験も、苦しかった思いも、それを乗り越えるために必要なのは、人と比べたり、相手をどうにか変えてやろうとしたりすることじゃない。結局は自分の気持ちだ。自分を見つめて、自分を変えること。そう彼女は教えてくれた。

僕の言葉を噛み締めるように少し間を置いてから、「うん」とうなずく彼女。その笑顔がいじらしかった。


矢取道の脇には二十名ほどのギャラリーがいた。

年配の方が十名ほどと、家族連れが二組、そして……ミニスカートの三人が、腕を組んで道場のほうを見ている。

あずみもきっと、ホシナたちに気づいたに違いない。それでも彼女は顔色を変えず、意を決したように道場へと入っていく。

僕はそのままギャラリーが並ぶ列の、ホシナたちからは離れた位置についた。

射位では、他の女子が引分けに入るところだ。

一本目は的からわずかに左へ逸れた。通常は一回に四本の矢を射るけれど、演武の場合は二本。一年生にとっては、一般の人に見られながら弓を引く最初の機会だ。きれいな姿勢で弓を引き分けていく。会に入ると、こちらからは静止したように見える。
一、二、三、四、五……彼女の右手がさっと弦から離れ、矢はなだらかな弧を描きながら、勢いよく的を射抜く。

「よーーし！」

思わず声をあげる。

周りにいた年配の方が、何人か振り返ってこちらを見た。

しまった……。今日は一般の方に向けた演武のため、中っても声を出さないことになっていたのを忘れていた。

ギャラリーからはパチパチと拍手が起こる。

前の選手の退場と入れ替わりに、あずみが射位に入る。

「真野だよ、真野」

茶髪たちが道場を指す。ホシナという黒髪は、腕を組んだままあずみを見ていた。

あずみは弓を返して持ち上げる。遠目ながら、どことなくユガケを挿した右手が震えているように見えた。

いったん弓の下端を左膝の上に置くと、初めに射る甲矢《はや》と二番目に射る乙矢《おとや》を左手で水平に保ち、右手を腰に構える。そこで肩がゆっくりと上下した。

僕もあずみと同じタイミングで深呼吸する。

乙矢の先端を右手の薬指と小指で握り、再び腰に当てる。

風はない。緊張のせいか、自分の額から汗が垂れたのがわかった。

あずみは弦を取ると、いつもどおり、ゆったりと打ち起こした。小さな体には不釣合いなほど長い弓が、高らかに掲げられる。

するすると左こぶしが前に伸び、大三の型に入る。

がんばれ、あずみ。

僕はこぶしを握りしめる。

引分けも自然だ。両腕が一直線上にきれいに伸びる。……が、しかし。

会に入ってすぐさま、右手がびくっと飛びはね、中途半端に弦から離れてしまう。

力の抜けた矢は、的の三メートルくらい手前で芝に当たり、そのまま滑って安土に刺さる。

ギャラリーからは「ああ……」というため息。

そんな中、クスクスと笑い声が聞こえた。ホシナとうしろの茶髪たちが、笑いを押し殺そうとするもののこらえきれない、そんな感じで口元に手をやっている。他の観覧者たちが眉をひそめていることにも気づいていないようだ。

あずみの表情は、かかった髪でよく見えない。

もう一本。あんなヤツらに、負けるな。中学のときにどんなことがあったとしても。

でも、そんなことより、ただ純粋に、あずみの笑顔が好きだ。向日葵のようにたくさん光を浴びて上を向いてる、僕の知るあずみはそんなあずみだ。透き通るような白い肌に、大きな瞳。その目に何度も勇気づけられた。だから、負けないでほしい。

「あずみーっ、負けるな！」

ふいに風が吹くのと同様に、心から湧いた叫びが声になって出た。

矢を番えていたあずみが驚いて振り返り、視線が合った。

ぼんやりと虚ろだった彼女の目が、すうっと見開かれる。そして胸いっぱいにエネルギーをためるように、大きく息を吸い込む。

道場にいる先輩たち、そして周りのギャラリーたちの視線など、僕にはもはや、少しも気にならなかった。

あずみは再び弓を打ち起こす。迷いなく、頭上にこぶしが上がる。的に向かう押手は、目指すべき方向を見据えたようだ。

すべての音が消え去る。五感のうちで、僕にはただ、視覚だけが残った。

あずみの腕、あずみの瞳が鮮明に映る。

銀白色の矢が、常に水平を保ちながら横顔を降りる。そしてそれは口の端でぴたりと止まると、眠るように静まった。

呼吸のやんだあずみの体は、けっして弱まってはいない。逆に体の中から気迫がみなぎる。その、目に見えない〝思い〟が、僕には見える。

勝ち負けではない、自分だけの世界を創る。

完全な静止画、というおかしな言葉が頭に浮かんだ。今、的を見据えて会に入ったあずみには、そんな言葉がぴたりと合う。

『時間が止まったみたい』

初めて出会ったときの、あずみの笑顔を思い出す。一目惚《ひとめぼ》れだった。

あずみの弓がくるりと反転する。きれいに放たれた矢は、ギャラリーの目の前を、僕の目の前を、そしてホシナと茶髪たちの目の前を、回転しながらまっすぐに飛び、直径一尺二寸の的の、まさに中心に吸い込まれた。

観覧者たちから大きな拍手が湧いたところで、はたと気づく。握ったこぶしの中に、じっとりと汗をかいていることに。

道場を見ると、あずみは既に弓を下ろし、射位から退場している。代わって、主将が道場内からギャラリーに向かってお辞儀する。

「女子による演武でした。このあと午後四時より、男子による演武を予定しております。お時間のご都合が合いましたら、ぜひよろしくお願いいたします。どうもありがとうございました」

拍手が起こり、矢取道脇のギャラリーが散っていく。

そのあとに、ホシナと茶髪たちだけが残った。

ホシナが、なにを考えているのかわからないような表情で、ゆっくりとこちらへ近づいてくる。茶髪のふたりも彼女のあとを、腕を組みながらついてくる。

「お久しぶり」

ホシナの言葉に戸惑った瞬間、左腕になにかが触れて振り返る。

あずみの肩だった。彼女が僕の脇に立っていたのだ。

「久しぶり」

あずみの、旧友を迎えるときのような温かなトーンの声音。

「どこに逃げたかと思ってたら、こんなとこにいたんだ」

茶髪のひとりが蔑むような目を返してくる。

「ごめんなさい。……逃げたって言われてもしかたないよね」

あずみは震えそうな声で、自分の思いを必死に伝えようとしている。

「なにそれ？　謝るってことは、自分が男に媚びてたって認めるわけ？」

もうひとりの茶髪が畳みかける。

「そんな、わたしは別に媚びてたわけじゃ……」

ついに、こらえきれず、あずみが声を詰まらせる。

「あんた、彼氏？」

いきなりホシナが僕をにらむ。

「お願いだから、もう関わらないでくれ」

負けじとホシナをじっと見据える。

彼女は僕が語気を強めたことを意外に思ったようだ。ただ、それでも怯《ひる》むことなく淡々としている。

「バカな彼氏に一個忠告しといてあげる。真野は男に媚びるよ。そんで、他人の男でも奪おうとするんだよ」

軽蔑するような目で微笑を浮かべている。

ホシナたち三人を見ながら、なにをふざけたことを、と怒りが湧いてきた。

今、あずみはどんな顔で僕の脇にいる？　どんな気持ちで立っている？　きっと困っている。耐えている。それでも弱さを見せないようにと、必死にがんばっているはずだ。そんな彼女を傷つけるわけにはいかない。

「あずみはそんな子じゃないし、お前らにそんなことを言われる筋合いもない。些細な誤解や行き違いをいつまでも引きずらないでくれ」

「あんた、なに言ってん――」

黙れ！　僕がそう叫ぼうとしたそのとき。

「わたしは！」

僕とホシナの会話に割り込むように、あずみが声をあげた。

僕は驚いて、あずみの横顔を振り返る。

「わたしはただ、あなたを傷つけてしまったのなら謝りたいと思ったの」

彼女はホシナに対し、面と向かって言い切った。

「はあ？　意味わかんない。なんでわたしがあんたのせいで傷つかなきゃいけないんだよ」

嘲《あざけ》るホシナに、あずみが叫ぶ。

「この高校に来て弓道や秀くんと出会って、もっと素直になりたいって、そう思ったの。だから……ごめんなさい。わたし、あなたから逃げていたかもしれない」

あずみの耳は真っ赤に熱を帯びていたものの、その瞳にためらいはなかった。視線を外すことなく、強くホシナを見据える。

ホシナは、突然のあずみの態度に圧倒されたのか、返す言葉を言いあぐねたようだった。肩をいからせ、歯を食いしばっている。

どう出てくる、と僕は彼女を凝視する。そして……ホシナが「バカにしないでよ」と平手をあげてあずみに歩み寄ろうとしたそのとき、僕は一歩踏み出し彼女をかばう。

「やめろ！」

腹の底から声を出すと、ホシナの動きが止まる。そこへさらに茶髪が口を挟もうとしてきたが……。

「あずみになんかしたら、俺が絶対許さない！」

僕は全力で制す。

あずみは僕が守る。彼女の悲しむ顔を見たくない。

しばらくの、沈黙。次にホシナの口からどんな罵声や侮辱の言葉が飛ぶかと待ったものの、出てきたのは意外にも笑いだった。

「フフフ、なに熱くなってんだ。もともとわたしは真野なんかと二度と関わりたくなかったんだ。勝手に興奮してんじゃないよ」

ホシナは、「あーあ、くだらない」と首を回す。

「バカバカしくて付き合ってらんない」

そう言って、踵を返す。茶髪たちは、「もういいわけ？」と動揺してホシナを見たが、彼女は取り合わずに、そのままますたすたと立ち去ってしまった。

いったい、なんだったんだろう。自分がどんな顔をしていたかはわからない。ひょっとしたら、鬼のような形相《ぎょうそう》だったのかもしれない。彼女たちに、そんな相手と言い合うエネルギーがなかっただけということだろうか。

「秀くん」

振り向くと、脇であずみがうつむいている。

「あれでよかったのかな」

彼女は両手を胸の前で握っていた。

「がんばったね」

僕は彼女をねぎらった。あんなふうにあずみが自分の気持ちをはっきりと叫んだのは意外だったけれど、彼女が変わろうとしているのが伝わってきて、胸が熱くなった。

「秀くんがそばにいてくれなかったら、きっと言えなかったと思う。……ありがとう」

小さな声でも、その言葉に込められた思いは、僕の心の奥まで全部伝わる。

「あ、あと……〝彼氏〟のフリしてもらっちゃってごめんね」

あ、そういえば……。ホシナに『彼氏?』と言われて否定しなかった。今振り返ると、なんだか恥ずかしさが込み上げてくる。

「ちょっとー、あずちゃん、どうしたのー」

後ろを向くと、マリア先輩が駆け寄ってくる。

「先輩、もう大丈夫なんですか」

「うん、復活」

すみません、僕のせいで……と、心で独りごちる。

「演武終わっちゃったか、くそう。ところで、なんか今、もめてた? 葛城も大きな声出してたよね」

マリア先輩が心配する。

「いえ、なんでもありません。もう大丈夫です」

あずみが笑う。

「ホントに?」先輩は泣きそうな顔であずみの手をとった。

「先輩、大丈夫ですよー、なんでもないですって」

マリア先輩はあずみの肩を抱き、頭をなでる。

「真野さーん。安土の整備、お願いね」

そのとき、道場から二年女子の先輩の声がかかった。

「オーケイ、わたしも手伝うよ!」

代わりにマリア先輩が元気よく答える。先輩はあずみを見て、「よし、いこっか」と安土へ駆け出す。

あずみは半歩踏み出してから、行きかけた体を翻し、柔らかな表情で僕を見た。


ホシナたちとの一件こそあったものの、文化祭は無事に終わった。

あれから一週間ほど経った、十月中旬の週末。僕は布団から出ると、シャワーを浴び、歯を磨き、ジーパンに足を通した。まだ二、三回しか袖を通していないきれいなTシャツに着替え、これまた新調したばかりの上着に袖を通す。靴下も新品だ。

鏡で入念に髪をセットした。といっても、ワックスのようなおしゃれなものはつけたことがないので、くしでしっかりとかしただけだが。

部屋に戻り、財布の中身を確認する。千円札が十枚。昨日の帰りに銀行のＡＴＭで下ろしたばかりだ。普段多くても二千円くらいしか持っていなかったので、なんか妙に緊張する。

リビングに入ると、久しぶりに父が食卓に座っていた。母はいなかった。今日は土曜だが、たしか保育園のイベントがあると言っていた気がする。

母は朝が早く、父は夜が遅い。だから、僕たち家族三人が食卓で顔を合わせることは少ない。

父はけっこうな苦労人だ。

『シュウの父ちゃん、取立て屋なんだってね、あー、怖ーい』

僕が小学生のとき、そんなふうに、父のことでからかわれたことがある。

いったいどんなヤツがそんなことを言いだしたのか、顔は覚えているが名前が出てこない。今となっては、もはやどうでもいいことだ。一時的に不愉快な気分にはなったものの、それはあくまで子どものおふざけ。僕はそれで心をふさいだりとか、不登校になったり虐められたりはしなかったから。

ただ、父はけっして取立て屋なんかではない。もともとフィットネスクラブの業務課に勤めていた。それが一時、会員数が減って会社に負担がかかったとき、父は倉庫に移され、会費が未納になっている会員や、未納のまま退会してしまった人へ納入のお願いをする役になったのだ。

気の優しい人だったから、やくざのような取立てができるわけもなく、心をこめて状況説明し、丁重な姿勢で応対した。

それなのに、神経の図太い噂《うわさ》好きのおばさんが、自分の未納を棚に上げて父のことを悪く言い、そのおばさんがたまたま僕のクラスメイトの母親だったようで、変な言いがかりが父に都合の悪い噂となって広がったのだ。

今では再び業務課の正規の机に戻り、粛々と日々の仕事をこなしている、らしい。

全部母に聞いたことだ。父はもともと寡黙なほうで、あまり自分のことを話したがらない。

そんな父が、広げていた新聞から顔を上げた。

「どこか行くのかい」

「うん、まあ……。今日は早いね」

父はいつもなら、昼過ぎでないと起きてこない。

「いや、秀が一階と二階を行ったり来たりするから、目が覚めたんだよ」

「そっか、起こしちゃって……ごめん」

「そんなおしゃれして、珍しいじゃないか。デートか」

父さん、僕の格好がいつもと違うことに気づいてくれるなんて……。

恥ずかしさよりうれしさが勝った。

「遊びに行くだけだよ」

「気をつけてな」

父は目の皺を深くして微笑む。

僕は、「行ってきます」と言って玄関を出ると、いつもどおりガレージから自転車を出し、サドルにまたがった。

八幡神社の前を過ぎたところで、左に曲がる。総合庁舎の前を通り、広小路通りを駅へと進んでいく。先には『アクトタワー』が見える。

立ち並ぶビルの前を颯爽《さっそう》と抜けると、今度はさまざまな店が並び立つ。商店街には老舗からつい先日オープンした雑貨屋まで、いろんな店が混在している。

高架脇の駐輪場に自転車を止めると、息を整え、トイレで髪が乱れていないかチェックし、駅へと向かう。土曜ということもあってか、駅前は混雑していた。タクシーの列に観光客らが次々と乗り込んでいく。

もう一度シャツの襟を整え、手ぐしで髪をといた。

右手のタクシー乗り場を過ぎると、左手に駅ビルの正面北口、右奥にバスターミナルに続くエスカレーターがある。

今日はバスに乗る。が、待ち合わせ場所はエスカレーターに下る手前だ。

そこには、『家康《いえやす》くん』のモニュメントが立ち、駅から出てきた人たちを出迎える。モザイクカルチャーと呼ばれるそのアートは、種類の異なる八千二百株もの小さな苗を植えて作られており、浜松市のゆるキャラ『出世大名　家康くん』の図柄を正確に表現していた。高さは実に四メートルもある。

今日は、マリア先輩と、そしてあずみと、三人で遊びに行く約束をしていた。

マリア先輩が、あずみから文化祭でのホシナたちとの一件を聞いて、よくがんばったご褒美にと遊園地に連れていってくれることになったのだ。

そこになぜ僕まで誘ってくれたのかはわからないけれど、たぶん僕の気持ちを察して気を利かせてくれたのだろう。

家康くんの前はゆるやかな階段になっており、そこは満員電車よろしく人で埋まっている。僕はあえて、家康くんから二、三メートル離れたところに立った。

なんだか気持ちが落ち着かない。なにせ、プライベートで休日にあずみと会うのだから。マリア先輩も来るとはいえ、やはり緊張する。先ほどから、何度拭いても手の平の汗が引かない。

「秀くん」

ぼんやりしていると、ふいに横から声をかけられて焦る。振り向くと、あずみが立っていた。

「あ、あー」

我ながらひどくつまらない第一声を発する。

「おはよ。ひょっとして、ずいぶん待った？」

あずみがすまなそうに両手を合わせる。

「いや、全然。俺も今来たとこだよ」

「ホント？　それならよかった。今日は暖かくてよかったね」

私服の彼女を見るのは初めてだ。

胸元に大きめのボタンが並んだ清楚《せいそ》でクラシカルなワンピースが似合っている。ふだん着ているセーラー服とはまた違った、マジメさと清潔さを感じる。大切に育てられてきた子。そんなフレーズが浮かんだ。

ワンピースの裾はちょうど膝ほどまであり、茶色の丸みを帯びたショートブーツもかわいい。

「ん、どうかした？」

空を見上げていたあずみが顔を戻す。

思わず見惚れてしまったことに気づかされる。

「あ、ううん、なんでもない」と言いつつ、必要以上にドギマギした。

「今日はよろしくお願いします」

あずみのいつになく丁重な言葉遣い。彼女は両手をお腹の前に当て、ぺこりと頭を下げる。

「こちらこそ」

つられて僕も頭を下げた。

そのぎこちなさがおもしろかったのか、妙にかしこまった挨拶を交わしたことへの照れからか、あずみは鼻に手を当て、口角を上げる。

それからふたりで、しばらくマリア先輩を待った。

「先輩、どうしたんだろうね」

「時間も場所も間違えてないよね」

時折ふたりともスマホを開いて、メッセージをチェックする。

最初の待ち合わせ時間から十分過ぎたところで、僕からマリア先輩に電話してみる。ワンコールでつながった。

「あ、先輩。あずみも来てて、ふたりで待ってますけど、先輩、今どこですか」

すると向こうから、耳を疑うような発言が返ってくる。

『わたしは行くわけないだろ。受験勉強で忙しいんだ。葛城さあ、せっかく、お膳立てしてやったんだから、あとは自力でがんばれ。ただし、あずちゃん困らせたら、ただじゃおかないからな。じゃあ、グッドラック！』

そして通話は一方的に切られた。

「先輩、なんて？」

「いやあ、よくわからないけど……来れないって。今日、どうする？」

僕はスマホをしまいながら、申し訳なさそうにあずみを振り返る。

彼女は伏し目になり、足元を見つめる。

僕は口から心臓が飛び出しそうな緊張を必死で抑え、一世一代の決意を胸に、「せっかくだから、ふたりで行く？」と聞く。

あずみは小さく、「うん」と答えた。

目頭が熱くなる。大きく息を吸い込んでこらえた。

飛び上がって叫びたい。神様仏様マリア様、ありがとう！

僕たちは並んで歩きだした。エスカレーターを下り、ターミナルの地下を少し進んで、再び上りのエスカレーターに乗る。

「だれか知り合いに会ったらどうしよう」

あずみが周りをきょろきょろと窺う。

「うん、どうしようか」

気の利いた言葉も返せずに頭をかく。

「たまたまばったり会って、いい天気だからどっか行こうかって話になったんだ、って、そんな感じ？」

あずみが少し声を落として僕の言い方をマネた。最後のほうは笑ってしまっている。ショートブーツのせいか、あずみの頭がいつもより少しだけ高い位置にある。そういうことに気づけた自分に、思わずはっとした。

彼女のこと、以前よりは見えているのかな。初めて出会ったときにはあたふたして舞い上がってしまったことを思うと、なんだか今のこの関係にまで近づけたことがうれしい。

「次の試合に向けて精神統一のために山ごもりに行くんだ」

だれかに説明するようにマジメな顔を作ったら、あずみが吹き出した。

「そんなの、だれも信じてくれないよー」

「無理かな」

笑いながら言う。

「無理だよ」

あずみの白い歯が見える。

円形のバスターミナルは一番から十六番まであり、郊外へ根を張るようにさまざまなルートが伸びていた。僕たちは『舘山寺《かんざんじ》』行きの一番乗り場に向かう。舘山寺は温泉街もあり、この街の観光地のひとつでもあるため、他の乗り場に比べて発車本数が多い。時刻表を見ると、次のバスが五分後くらいには来る予定だ。

乗車待ちの列が十人ほどできていたので、その最後尾に並んだ。

あずみとこんなふうにふたりで休日を過ごせるなんて、まさに夢のようだ。

出がけに、父に『デートか』と問われ、『遊びに行くだけだよ』と答えてしまったけれど……このシチュエーションはもう、まぎれもなく、デートだ。

間もなくしてバスが来た。駅が発着場所のため、多くの人がぞろぞろと降りて、中が空っぽになってから乗車専用ドアが開く。

僕たちは右後方の席に並んで座る。あずみが窓側の席だ。

発進すると、バスは円形のターミナルをぐるりと回っていき、大通りへ合流した。

そして舘山寺方面へ向かう通りへ右折する。

バスが右左折をするたびに、僕たちの体が揺れる。あずみの腕が僕の腕に触れては離れる。

彼女の腕は、細くて柔らかかった。こんな華奢な腕のどこに、弓を引く力が生まれるのだろう。

あずみは窓の外を見ながら、「あそこのお店つぶれちゃったんだー」、とか、「あんなお店あったっけ」などと、街並みの変化を観察していた。

僕もそれに相槌を打ったり、知っている情報を伝えたりしたけれど、それよりもやはり……時折触れる腕と腕の感触が気になってしかたがなかった。

北に進むにつれてビルや商業施設が減り、代わりに住宅と畑が増えてくる。あずみがずっとしゃべっていたので、妙な沈黙や気まずい空気は流れなかった。

バスはあっという間に遊園地入り口の、巨大駐車スペースに着く。乗客の半数くらいがここで降りた。目の前に『浜名湖《はまなこ》パルパル』の入場ゲートが見える。

「わあ、なんかワクワクする」

小さな子どものようにあずみがはしゃいだ。

ここにはディズニーランドやUSJのような派手なアトラクションはない。それでも浜松市民には身近な娯楽施設としてなじみがある。幼稚園や小学校のときに遠足で来ることがあったり、あるいは小さいときに家族で訪れたりしていることが多いのだ。

あずみは初めて来たと喜んでくれていたが、もともと浜松に住む者にとっては、小さな頃の楽しかった体験が、大人になって本能的にノスタルジーを感じさせるのだろう。あのアトラクションに乗りたい、というよりは、楽しかった思い出の地にもう一度行ってみたい、大切な人を連れていきたい、そんな気持ちが強いかもしれない。

僕たちは入場券を買ってゲートをくぐる。お金のことはどうしようかと思ったら、あずみが「割り勘でいいよね」と言ったので、思わず「うん」と応じてしまった。

パルパルは、小学校以来だ。かつてはとても大きな遊園地というイメージだったのに、いざ再来してみると、思っていたほどに大きくはない。むしろ手狭に感じるくらいだ。

小さな子どもたちがお父さんやお母さんの手を引いてアトラクションをせがんだり、自由気ままに園内を走り回ったりしている。

あずみもそんな子たちと同様に、きょろきょろと辺りを見回し、興味を持ったアトラクションに片端から乗り込む。僕も遅れまいとぴったりくっついていく。

彼女はとても無邪気だった。もともと天真爛漫《てんしんらんまん》で、向日葵のような笑顔が印象的な子だと思っていたけれど、学校や弓道場で見せる表情よりも、もっと素直でまっすぐないとおしさを感じた。

「次、あれ乗ろう」

あずみが指したのは、白鳥形をしたふたり乗りの水上自転車だ。

二十分ほど順番待ちをしてから、ようやく僕たちの番になる。

ふたりで並んで座る。それぞれの足元にはペダルがついていて、間のハンドルで方向を操作する。力いっぱいペダルをこぐと、真っ白な白鳥が浜名湖の入り江を泳ぎだした。

乗降場所から三分ほどこいだら、あっという間に陸から離れた。振り返ると、さっき乗ったアトラクションがミニチュアのように並んでいる。

湖上を、時折冷たい風が吹き抜ける。それでもこの季節には珍しいほどの陽気のせいか、寒くは感じない。

「気持ちいいね」

あずみがうーんと伸びをして、ペダルをこぐのをやめた。僕も足を止める。

水面が小刻みに揺れ、そこに当たる日の光が細かく砕け、チラチラと散る。少し遠くに目をやると、輝く巨大なビロードの上にいるようだ。

「こうやってのんびりするの、なんか久しぶり」

あずみは目を細め、午睡に入ろうかという表情をする。

「うん」

目の前でゆったりとくつろぐ彼女を見て、僕も幸せに浸る。

「秀くんの家族って、どんな人たち？」

ふと、思い出したようにあずみが尋ねる。

「そうだね。忙しい母と気の優しい父と、誠実な俺の三人暮らし」

「秀くん、誠実なんだ」

彼女が穏やかに微笑む。

「あずみは、家族とはどう？」

「特に変わりないかな。お父さんは相変わらず銀行の仕事が忙しくて、休みの日でもパソコンの前に座ってる」

彼女のお父さんは、僕の中ではちょっと堅物なイメージだ。

「今日のことは、なんて？」

「『グループデートか』って聞かれて、お父さんの口からグループデートなんて言葉が出てきたから、ちょっと笑っちゃった」

あずみのお父さん、ひょっとしたら、内心ソワソワしてたのかもしれない。

「俺も同じやりとりしてきた」

「おもしろいね。シンクロだね」

あずみの口からまた『シンクロ』という言葉が出てきたのが新鮮だった。

夏の終わりに一緒に並んで引いた弓。あのとき僕が彼女に使った表現を、覚えていてくれている。

でも……、お父さんが言ったデートって言葉は……。

「それはシンクロとは表現しないかな」

「えー、なんでー」

あずみが悔しがる。

「同時に同じこと考えてたり、動作がぴたっと合ったときに使うんじゃない？　シンクロニシティっていうのが偶然の一致で、シンクロナイズドスイミングのシンクロは同調や一致することをいうんだよ」

「そうなんだー。あ、じゃあ、これはどう？」

あずみはなにかひらめいたようだ。

「夕食に食べたいものを想像しながら帰ると、ウチのお母さん、大抵わたしが望んでたものを作ってくれてるの。すごくない？」

「実は朝、それとなくそういう話をしていたとか？」

「そんなことないよ。授業中に今日の夜はシチューが食べたいなって思っていたけど、部活終わって帰る頃には、やっぱハンバーグがいいかなって考え直すこともあるのね。そうしたら、その日の夕食、ホントにハンバーグなんだよ」

「それはシンクロっていうより、テレパシーだね」

あずみは「たしかに！」と、手をたたいて妙に納得した。

ゆるやかに風が吹いて、幾重もの小さな波が立つ。

僕は大きく背を反り、息を吐く。

これは実感だ。

「高校入ってから、ずっと全力疾走だったね」

「なんか、いろんなことがあっという間に過ぎちゃって、ちょっともったいない気もする」

あずみの言葉は独り言のようにも聞こえる。『あっという間に』というフレーズを、ひどくのんびりと言うのがおかしい。

「初めて道場に入った新入生見学会とか、大昔のことみたい」

「ホント、なつかしいね」

僕の脳裏にあの日の光景がよみがえる。

あずみのうしろで弓を構える僕に、ふと、彼女は体をひねって、振り返った。僕を見上げたと思ったら、『ごめんなさい』と言って彼女は急いで体を戻した。そういえば、あれってなんだったんだろう。

そう思っていたら、「あの日わたし、秀くんを振り向いて、すぐに向き直っちゃったよね……」と、あずみが口にする。

これって、シンクロじゃないか。

「あのとき、ホントは秀くんに話しかけようと思ったの。でも、すごく緊張しちゃって。振り返った瞬間に目の前がぱあっと白くなって、それで……」

「なんで、俺に？」

あずみは僕の問いかけに少しだけうろたえてから、「秀くんがいたから、弓道部に入ったんだよ」と微笑する。

彼女は、さわやかな風を頬や額全体で感じるように、ゆったりと目を閉じた。

僕がいたから、弓道部に？

全身の細胞が急に熱を発する。

「わたしね、ホシナさんたちとのことで中学のときにいろいろあったから、高校でうまくやっていけるかすごく心配だったの」

急に、彼女の口から言葉があふれ出す。過去の経験が、にじむように記憶の中に広がったのだろうか。言葉を選びながら続けた。

「入学式の日にも、怖くって、緊張して、ドキドキしてて。体育館に向かうときにも足がすくんでうまく歩けなくてね。それで、だれかと肩がぶつかって倒れそうになって……。あのとき、秀くんだよね。手を差し伸べてくれたの」

僕はドキリとした。正直、式に向かう列の中のことはおぼろげにしか覚えていなかった。僕は僕で新しい生活の第一歩に緊張していたから。

倒れかけた女の子の手を引いた記憶はたしかにある。でも、それがまさかあずみだったとは……。あのときは目を伏せてしまい、まともに彼女の顔を見られなかった。

「そうだったんだ……。ごめん、あずみだとは気づかなかった」

「そっかあ。そうなんだー」

あずみは肩を落として残念だと表現してみせたものの、ずいぶん間延びした物言いから、深刻さは感じられない。

「これも秀くんは知らなかったと思うけど……」

　あずみがマジメな顔をする。

「入学式が終わって帰るときに、廊下に立ってる秀くんを見かけたの。また彼がいるって。いろんな部活のポスターが貼ってある中で、秀くん、ある一枚をずっと見てたんだよ」

　それは今でも覚えている。あのときの僕は、新しいことを始めたいという思いもあったし、ポスターの中の先輩の、まっすぐな眼差しに弓道のカッコよさを感じていた。

「マリア先輩が写ってた」

「そう」

「そんな俺を、あずみもずっと眺めてたってこと？」

　あずみは照れながら、素直にうなずく。

「秀くんの横顔、そのポスターに吸い寄せられたようだったよ。だからわたしもすごく気になって。秀くんが行ってから、すぐにそのポスターに駆け寄ったの」

　あずみは噛み締めるように話してから、ふっと息を吐いた。

「そうしたら、弓道だった」

「あずみのきっかけになれたんだったら、ものすごくうれしい」

　本心だ。

彼女の瞳に、水面にきらめいて散る光が映る。

「そろそろ岸に戻ろうか」

「うん」

僕たちは、息を合わせてペダルをこいだ。


白鳥を降りたあともいくつかのアトラクションに乗った。

あずみが少し疲れた表情を見せたので、ちょっと休憩しようかと、ベンチを探す。しかし、多くの家族連れが弁当を広げていたため、ふたりが座れそうな席がない。

そんなとき、あずみが空を指差した。

「あれに乗って休まない？」

少し先の坂の上に、彩り豊かなゴンドラがゆったりと回っている。入り口のゲートからも、ここのシンボルのように見えた観覧車だ。

乗車口まで行くと、カップルや家族連れで数名の列ができていた。

しばらく待つと、ドアの開いた黄色のゴンドラが、降車位置から滑るようにして流れてきた。スタッフに誘導されて、まずあずみが乗り込む。僕もあとに続いてステップをまたいだ。

僕たちは向かい合って座った。中は四人がけの割にはずいぶんと狭く感じる。あずみとふたりで密室にいるという状況が、心理的にそう感じさせたのかもしれない。

ほんの数秒で、地上の人々は早くも小さくなり始める。

入り口とは逆側の、格子状の窓部分が開いていたため、涼しげな風が入り込む。あずみの柔らかそうな髪が揺れた。

「今日はいっぱい歩いたね」

彼女は流れる髪を小指ですくって耳にかける。

視線を落とすと、ワンピースからすらりとした白い足が伸びている。僕の靴先の数センチ先に、かわいらしいショートブーツが内股気味に並ぶ……って、どこ見てるんだ。

慌てて視線を戻す。

「風、気持ちいいね」

ゴンドラはぐんぐんと高さを増して、もうすぐ最上部に差しかかるところだった。

あずみは両手をシートに置いて、外の景色を眺める。

僕は同じほうを見ながらも、視界に入る彼女の横顔を意識してしまう。

初デート、観覧車、ふたりきり……。なにかに強制されているわけでも、ルールがあるわけでもない。それなのに、ある思いが沸々と湧き上がってくる。

そう……告白するなら、今だ。

はっきりと心の中で声に出した瞬間、急に胸の高鳴りを覚えた。

よく、人は死ぬ前に、これまでの人生の思い出が走馬灯のようによみがえるというけれど、もしそれが本当なら大変だ。僕の頭にもあずみとの出会いから今日までのことが次から次へと浮かんだ。ただそれは、走馬灯というよりは、メリーゴーラウンドかコーヒーカップから見る風景のように、クルクルとよぎる。

全身の血液がどくんどくんと波打つように流れた。

声に出せば、たった数秒の出来事じゃないか。あずみがそれを受け入れてくれるなら、僕の未来は大きく変わる気がする。

でも……もし、ダメだったら。そんな弱気の虫が、またしてもブレーキをかける。

前を行くゴンドラが一瞬見えなくなった。僕たちのゴンドラが最上部に来たのだろう。

目の前のあずみはいじらしいほどにかわいい。風にそよぐ髪、差し込む柔らかな光。

これから先も永遠に、この目に焼きつけておきたい。

『前から伝えたかったことがある』

『初めて会ったときから好きだった』

『こんな気持ちになったの、初めて』

『もしよかったら付き合ってほしい』

いろんな言葉が頭に浮かんだけれど、どんな言葉を発するかよりも、それを今ここで、あずみにはっきり伝えることが大切なのだと思い直す。

よし、言おう。

僕は決断した。『あずみ』と声を振りしぼろうとしたとき……。

「お腹すいたね。お昼、なに食べる？」

あずみが両手をシートに置いたまま、少し前傾になってのぞき込むように僕を見た。

こういうときは、それに答えず黙って彼女を抱きしめたらよかったのかもしれない。

ただ、僕にはそんな度胸もなく、機転も利かず……。

なぜだかボークをおかしたピッチャーの心境になる。

「なにか好きなものある？」

きみが好きだ、ではなく、なにか好きな食べ物は？　同じ好きでも重みが違うじゃないか、と心の中でつぶやく。

「わたし、うどんとかおそばとかがいいな。秀くんは？」

あずみのことが好きだ、なんてここで言ったら、冗談にも本気にも取れない。

「俺も、和食好きだよ」

結局、こんなふうにしか答えられない。

「じゃあ、観覧車降りたら、うどんかおそば食べに行こ！」

熱いのと冷たいのとどっちが好きかとか、カレーうどんは王道か邪道かだとか、初めて蕎麦屋《そばや》に入ったとき、蕎麦湯をどうしていいかわからず無理してそのまま飲み干したとか、そのあとはゴンドラが一周し終わるまで食べ物談義に花が咲いた。

とうとう告白することはできなかった。


観覧車を降りると、いったんパルパルを出て、近くにあった手打ちうどんの店に入った。

店内は観光客らしき中高年の一団でにぎわっていた。僕たちは空いていたふたりがけのテーブルに通される。メニューを開くと、うどんにとろろと浜名湖産のうなぎがついた『やらまいか』というメニューが一面に載っていたため、ふたりともそれを頼んだ。

「観覧車に乗ってたとき、なにか聞こえなかった？」

料理を待つ間、あずみが重大なことを確認するように声を潜めて聞いてくる。

「なにかって、なに？」

「えーと、その、んん……聞こえなかったならいいんだけど」

あのときの僕に、周りのなにかに気を向ける余裕はなかった。

「たぶん、聞こえなかったよ」

「ホント？　あー、よかった。観覧車の中で、何回かお腹が鳴りそうになったの。一回だけホントに鳴った気がしたから、秀くんに聞かれたらどうしようって」

恥じらいながらはにかむあずみを見ていたら、心の中をすーっと清水が流れていく気がした。

観覧車のゴンドラで、僕は重大告白を切り出そうとし、あずみはお腹が鳴ったらどうしようかと焦っていたなんて。

傍から見れば僕の立場は滑稽に見えるだろうか。でもこうやって今あずみとふたりでいられるだけでも、僕は満足するべきなのかもしれない。これ以上のものを望むのはすべてを失うことにつながる気もした。

大きな皿に盛られた、やらまいかが運ばれてくる。大盛りのうどんの上にうなぎととろろ、うずらがかかっている。

隣で同じものを食べていたおばさんたちに、「精がつくわよ」とささやかれた。あずみはよくわかっていないようで、『なに？』という顔で小首をかしげた。焦った僕は、「さ、食べようか」とごまかしながら箸をとる。

「いただきます！」

ふたりで手を合わせた。コシが強くもちもちと噛み応えのあるうどんと、濃い口のたれがかかったふかふかのうなぎが、自然薯《じねんじょ》と絡まる。

「んー！　おいしいね」

あずみが頬を膨らめたまま顔をほころばせた。

「うん、これいいね。うなぎもうどんもおいしくて、贅沢《ぜいたく》」

好きな人とふたりで、好きなものを食べる。普通、といえば普通のことなのだろう。でも、僕には生まれて初めてのこと。幸せって、こういう瞬間のことを言うんじゃないだろうか。

食べながらいろんな話をした。女子たちの休日の過ごし方や、好きな音楽、好きな本の話で盛り上がった。

再び割り勘で支払いをし、店を出る。

あずみはガソリン満タンという感じで、うーんと伸びをする。そして、「このあと、どこ行く？」と張り切って聞いてきた。

「舘山寺ロープウェイなんて、どう？」

舘山寺といえば、温泉とロープウェイが真っ先に浮かぶ。

「あ、もしかしてあの山？」

あずみが指した山の稜線《りょうせん》に、二基のゴンドラが行き来しているのが見える。

「そう、あれ。実は俺、乗ったことないんだ」

「あー、わたしも気になってたの。秀くん乗ったことないんだったら、絶対乗んなくちゃ。ふたりの〝初めて記念〟に、乗ろ！」

あずみに他意はなかっただろうけれど、僕は彼女の発した『初めて記念』という言葉に身を躍らせる。最初で最後の記念に、ではなく『初めて記念』ってことは、次があっていいのかな、あっていいとあずみは感じてくれているのかな、と深読みまでしてしまう。

さっきから、あずみは心で感じているのに、こちらは頭で考えてばかりだ。


ロープウェイは観光客で混み合っていた。

パルパル入り口の出発点から浜名湖の湖上を渡って大草山の山頂に向かう。ロープウェイからはパルパル全体を見渡すことができた。

ゴンドラで山頂駅へ降り立つと、その足で屋上展望台へと上がる。そこでは多くの家族連れや観光客が思い思いの方向を向いて、絶景を望んだり、写真を撮ったりして楽しんでいた。

「わあ！　きれいな景色だねー！　浜松にこんな場所があるんだ。なんか、感動」

あずみは小さな子どものように手すりへと駆け出す。僕は遅れないように彼女についていく。

浜名湖は先ほどの遊園地で見た様とはまた違い、神様が創った大きな水たまりのように広がっていた。遠くには遠州灘がぼんやりと見える。

「あ、あれ、アクトタワーでしょ。わたしたち、あそこからバスで来たんだよね」

あずみがうれしそうに指差した。ぴょんぴょんはねながら手すり伝いに周囲を見渡す彼女の、ワンピースの裾が揺れる。

三百六十度、どこを向いても見入るほどの景色が広がっている。背後には大小さまざまな山々が幾重にも連なる。

そういえば今日は、一枚も写真を撮っていない。撮るスポットや機会はいくらでもあったのに、またしても弱気の虫が顔を出す。「一緒に写真を撮ろう」と声をかければいいだけなのに、それができなかった。

なのに、なのに……。〝なのに〟、ばっかり。本当に好きな人とふたりきりで写真を撮ることが、告白するのと同じくらいの重みに感じられる。

あずみは手すりに肘をついて目を細めている。その横に並んだ。

「なんか、これからいっぱいがんばれそうな気がしてきた」

彼女は自分自身に言い聞かせるようにつぶやく。

「あずみの夢って、なに?」

ふと口から言葉がこぼれる。考えて聞いたというより、思わず、だった。

「わたしの夢?　んー、なんだろう」

あずみが唇をちょこんと突き出して、首をひねる。

「まだ、今は決まってない、かな。秀くんは？」

「俺は、うん……」

初めは彼方の言葉に、そんなの無理だろうと思ってしまった。でも、今は違う。ひょっとしたら、目指せるんじゃないか。練習を積めば積んだだけ上達できると信じている自分がいる。

「俺は、弓で全国行きたいな」

僕は、じっとこちらを見つめるあずみに笑顔で答えた。

「へえ！　すごいね。全国かー」

彼女が目を輝かせる。

「いろんなことに全力で打ち込んで、どこまでやれるか試してみたい」

以前だったら、こんなに素直に言えなかった。遠慮やあきらめが先に出て、自分で勝手に言い訳を考えていた。でも、あずみや彼方、マリア先輩の正直な気持ちに触れてきて、僕の心も変わってきたのではないかと感じる。

「わたしもそうかも。実はひとつだけね、いつも考えてることがあるの」

あずみが僕を振り向く。

「どんなこと？」

「運命っていうのを、都合のいいときだけ信じないって。いいこともイヤなことも、楽しいことも苦しいことも、全部受け入れて乗り越えようって、そう思ってる」

「あずみらしくていいね、その言葉」

あずみが眉根を上げた。そして「ありがと」と、優しく微笑む。続いて、その視線がふと、僕の背後に向いた。

振り返ると、ひと組の老夫婦が浜名湖を背景にして、お互いに写真を撮り合っている。

「せっかくの景色だから、ふたりの写真がいいよね」

あずみはそう言って、老夫婦の元へ駆け寄る。

「よろしければ、お撮りしましょうか」

老夫婦がいきなりの申し出に顔を見合わせる。そして奥さんのほうがうれしそうにあずみに向き直る。

「なんか、若い人たちばっかりだったから、こんなおじいちゃんやおばあちゃんの写真をお願いするの、気が引けてね」

ご主人も照れくさそうに頭をかく。

「そんなこと気にされなくても。わたし撮りますから、並んでください」

あずみは奥さんの手からレトロなカメラを受け取ると、さっそくフレームをのぞき、

「もっと寄ってくださーい」と声をかけた。

仲睦まじげに寄り添うふたりから、長年連れ添ってきた絆《きずな》を感じる。

「笑ってくださいねー。はい、チーズ！」

あずみのかけ声とともに、老夫婦の顔の皺がいっそう深くなる。

「とてもいい笑顔でしたよ」

あずみが言いながらカメラを返す。

「本当に、お気遣いありがとうね」と奥さんが深々と頭を下げる。そして僕とあずみを交互に見て、「代わりに、あなたたちのも一枚、撮りましょうか」と申し出てくれた。

「どうする？」

僕はあずみを見る。

「せっかくだから撮ってもらおうよ」

はにかみながら提案する彼女に、僕もなんだか照れてしまう。

奥さんにスマホの操作を説明し、手渡す。それからふたりで並んだ。

あずみの肩が僕の腕に当たった。僕はそのまま、ピンと背筋を伸ばす。

「はい、チーズ」

僕とあずみの、初めての写真。いったいどんな顔で写っただろう。緊張で、笑うことができなかった。

そのとき、展望台にあったたくさんの組鐘《くみがね》が、オルゴールのようなメロディを奏で始めた。

一時間ごとに定期的に演奏されることをあとで知ったけれど、このときは、ふたりのために神様が与えてくれた音楽なんだろうと本気で思った。

一陣の風が吹き抜ける。カリヨンの響きは高らかに舞い上がり、遠く遠く、空へと広がっていった。

第五章　冬、来たりなば

十一月に入り、肌寒い日が増えた。

日が落ちるのも先月と比べて少しずつ早まった気がする。弓道場の周りの葉はまだ緑が多いものの、その色は少しずつ色鮮やかに変化し始めていく。

それとともに、みんな弓道衣の下に黒の長袖シャツを着るようになった。

夏休みが明けたあとからずっと、朝の自主練習を欠かしていない。今では目覚まし時計をセットしなくても、午前五時にはぱっちりと目が覚める。

だれより早く道場のシャッターを開くのは気分がいい。暗闇だった場内に、ぱあっと朝日が差し込むと、ようし、やってやろうという気になる。

最近では、僕より先に彼方が来ていたり、あずみやセイタが来ていたりで、かなり道場が混み合ってきた。他のみんなも考えていることは同じで、だれよりもうまくなりたい、なんとしても試合に出たい、そういう一心で弓を引いている。

あずみは少し前から弓力の強い弓に変えた。彼女の場合、たくさん中てたいというよりは、どれだけ射法八節を極められるかにこだわっている。より重い（弓力の強い弓を僕たちは『重い』と呼ぶ）弓を使うことで、肩の張り出し方、力を抜いた引き方を実感できるのではないかと、先輩のアドバイスも素直に聞き入れていた。

セイタはオカマバーでの似合いすぎる女装がウソだったように、自分の射型のチェックに余念がない。射をビデオに録画して、家で何度も繰り返し見ているらしい。

そして彼方は、自分の行射順を待つ間、主将や試合で高い的中率を誇る先輩たちの射をじっと観察していた。まるで、目で覚えたことをそのまま自分の体に取り込んでコピーしようとでもいうように。

放課後練習の前には、神棚に向かって神拝を行う。

軽くお辞儀をする動作――一揖《いちゆう》、そして二礼、二拍、一礼、再び一揖。

全員がその場に正座すると、主将が向き直った。

「よーし、みんな、ここから昇段審査、新人戦、選抜と続く新しいシーズンの始まりだ。チーム一丸となってがんばっていこう！」

その言葉で、みんなが気合いを入れ直す。

いよいよ今月は新人戦。調子がよければ一年生からもエントリーされる。

「時間がないよな。早く引きたいよ」

正座したままユガケを挿しているとき、隣でセイタが言った。彼のユガケの裏には、油性マジックで【一射入魂】と書かれている。

「そんな焦らなくても、まだ四時半だよ」

セイタの向こう隣に座っていた彼方が、少し呆れた顔でセイタを見る。

「いやいや、早く始めないとたくさん引けないだろ」

セイタは急いで立ち上がり、弓具庫に弓を取りに向かった。

日が早く暮れるようになり、各部活の練習時間は午後七時までとなった。進学校として、国公立大学現役合格者数にこだわっている高校側の判断だ。

僕が弓に弦を張ったときには、既に彼方とセイタが本座《ほんざ》うしろの控えに立っていた。

「おう、みんな、力むんじゃないぞ」

久しぶりに練習に顔を出していた柊先生が全体を見渡す。

「早気はダメだよ。勉強も弓道も集中が命。弦を慌てて離すな、しっかり引け」

毎年この時期に部員が焦りだすのを知ってのことか、絶妙のタイミングで耳の痛いことを言う。

射位に立っていた先輩たちの動作が丁寧になった。

そんな中、あずみの射はいつもと変わらない。気負うこともなく、中てようとも、中てなければとも思っていないような、自然体の射だった。

「ティエーー！」

先輩たちの的中に腹から声を出す。

「秀、調子いいよね。このままの的中率でいったら、レギュラー狙えるんじゃないの」

看的板の〇×をつけながら、隣でセイタが言う。三年生が抜けてからも、看的と矢取りは一年生がふたりひと組で行っている。

「セイタこそ、中ってるじゃないか。ツェッ！」

答えながら看的の声を出す。

「まああだね。あとは彼方も絶好調だから、このままいくと控え選手含めて、一年生から俺たち三人が入ったりして」

「そうなったらすごいよね。ティエーー！」

「でもさ、セイタ。ちょっと最近、離れが早くない？」

セイタが『心外だ』と言わんばかりに眉をひそめる。

「え、それって、俺が早気ってこと？」

「そこまでじゃないけど、前と比べると早くなってる気がする。ティエーー！」

彼のためにも、ここはちゃんと伝えておいたほうがいいと思った。

「そうかな？　自分じゃそういう感じしないんだけどな。それに、今あんまりごちゃごちゃ考えると、せっかくの射型が崩れそうで怖いし。調子がいいときって考えなくても結果が出るんだよ」

「ティエーー！　まあ、そうだけど。よくシーズン中にスランプになる野球選手とかがさ、途中でバッティングフォーム修正するのに時間がかかってるの見ると、早いほうがいい気もするんだよね」

「俺がもうすぐスランプになるってこと？」

セイタが頬を膨らませる。

「いや、そんなつもりじゃないけど。ツェッ！」

道場を見ると、最後に射た先輩が弓を倒して本座から退場するところだった。

「矢取りだ。行こう」

少し不満げなセイタの背中をポンと押して、安土へ向かう。

弓道において、弦をいっぱいまで引いてから体の中で伸び合う〝会〟こそが、射法八節の中で最も大切な時間とされ、この時間が短ければ、徐々に射型は崩れる。

それを心配しただけだった。セイタに対して彼がスランプになるかもしれないなどという気持ちはなかったけれど……言い方が悪かったか。

「なあ、秀、久しぶりに一緒に帰ろうぜ」

練習が終わって道場を出ると、彼方が声をかけてきた。

「ああ、うん」

たしかに、ふたりで帰るのは久しぶりだ。男子みんなでお好み焼き屋に行くときを除けば、ここひと月くらい、別々に帰ることが増えている。

最近の彼方は、片付けを終えるとすぐ、『お先』といって真っ先にマウンテンバイクにまたがり、駐輪場から出ていく。彼方からは理由を言わないので、なにか家庭の事情があるのではないかとみんなで噂し、こちらから詮索することはしなかった。

「秀、調子いいな、最近」

正門に続く坂を並んで下りながら、彼方が言った。

「彼方こそ、主将と同じくらい中ってるよね」

「思い描くビジョンに近づいてる気がする」

「ビジョン?」

そろって正門を出た。しばらく平地が続く。見上げた空には少しだけ雲がかかっていたものの、既に日が落ちて、その雲も闇に溶け込んでいる。

二台の自転車から放たれる光が次の上り坂に当たる。毎日飽きもせず、僕たちはこの坂を上り下りしている。おかげで校舎外回りのジョギングをしなくなってからも、体力は衰えていない。

「野球でもサッカーでも、いろんなスポーツには常勝チームってのがあるだろ。選手は毎年卒業と入学を繰り返して入れ替わっているのに、チームは強い。あれって、なぜだろう」

先ほどの問いかけに対する返答なのかわからないけれど、彼方が聞く。

「そりゃあ、学校の名が知られてるから、いろんなとこからいい選手が集まってくるんじゃない?」

「なるほど」

僕ほど呼吸を乱さず、彼方が想定どおりの返答を聞いたというふうに相槌を打った。彼のマウンテンバイクは十二段変速だけあって、ギアを変えれば急な坂道を上れるらしい。

「じゃあ、努力は無駄ってこと？」

それを無駄だと言ってしまったら、全国で一生懸命部活動に取り組む同志たちの大半は報われないことになる。

「努力も必要だと思うよ。そうだ、いい監督がいて、いい指導といい練習メニューがあるからかな」

僕は腰を浮かしながら踏んでいるペダルに体重をかけた。踏ん張りながら坂道を上る。しゃべりながらだといつも以上にきつい。

「たしかに大きな要素だな。練習の内容は大事だ。でも、俺は別にあると思う」

「才能？」

「それは必要条件だけど十分条件じゃない。そもそも才能の有無だけで片付けたらスポーツなんてのはおもしろみがなくなるし」

彼方は勉強も弓もできる。強靭《きょうじん》な意志で努力を惜しまないことこそが彼の才能ではないか。

久しぶりに、卑屈な自分が顔を出す。『彼方は才能のかたまりだよ』、そう言おうとして、ぎりぎりのところで言葉を飲み込む。

「俺が大切だと思うのは、〝模倣〟と〝潜在意識〟」

ようやく坂を上りきって気をゆるめたからか、彼方の言葉がはっきりと認識できなかった。

モホウと、センザイイシキ。彼方がもう一度ゆっくりと反芻する。

「どういうこと？」

「強い先輩たちの練習を常に間近で見ることで、それがそのまま手本になるだろ。それと同じようにやっていけば、自分もうまくいくはずだという期待。潜在的にそれを感じ取って、成功のイメージが作られる」

微笑を浮かべながらも、その眼差しはまっすぐに僕を捉えている。

彼方といると、その強い信念が見えない力になって僕の体も包んでくれるのではないかと錯覚してしまう。

プラモデル屋のT字路を左に曲がり、写真館の前を通り過ぎた。

「見本となる先輩がいて、ウチの高校も古くからの強豪校だろ。だから俺たちも、絶対大丈夫」

彼方と出会って間もない頃、ちょうど同じように帰り道で『全国を目指そう』と誓い合った。あれから彼方はなにも変わっていない。変わらないどころか、目指すべきものをより強く見据えている。

彼方はポンと僕の肩をたたいて、消防署のある交差点をそのまま直進していった。

大きく息を吸い込む。空を仰ぐと、雲の間にチラチラと星の瞬きが見えた。

新人戦まで二週間を切ったその日の練習後、部員全員の前で主将から新人戦のレギュラーが発表された。

道場の上座に二年生、下座に一年生が対座し、そのちょうど合間に白衣の柊先生が座っている。

主将がメモを開く。

「団体メンバーを発表します。メンバーは――」

先輩たちの名前が告げられる中に、『夏目』という名前が入っていた。

ということは、彼方がレギュラーだ。一年目から先輩たちに混じってレギュラーに選ばれるとは。さすが彼方だ。そして、控えには……『葛城』と呼ばれた？

カツラギというのは自分の苗字だよな、などと頭の中で少しの間、確認に時間を要した。耳から入る音が、何枚もの壁を反響してから届いたように、現実感がない。

全員で、澄《すま》し――いわゆる黙想と、続いて座礼を行い、練習が終わった。

先輩たちは着替えのため、部室に入っていく。残った一年生は道場の水拭きと安土の整備がある。

「一年生の代表として応援してるよ」

あずみが笑顔でエールを送ってくれる。

セイタだけが浮かない顔をして、そそくさと道場の入り口に向かった。

僕はすぐにあとを追い、横に並ぶ。セイタは振り返ると、僕の顔を見て少し驚いた。

「おう、秀か。メンバーおめでとう」

彼はさびしげだった表情を隠すように白い歯を見せる。

僕たちはそのまま雪駄に履き替え、体育館前の蛇口に向かった。そこでバケツに水を汲《く》み、道場の水拭きをする。

「メンバーといっても、控えだけどね」

「いいじゃんか。俺、控えには入れると思ったんだけどなー」

セイタが思いっきり蛇口をひねると、勢いよく出た水がバケツの底を打って、辺りにはねる。

「そんなつもりで言ったんじゃ……ごめん」

安易に謙遜したことを悔やむ。

セイタの気持ちを考えれば、素直に控え選手に選ばれたことを喜んだほうがよかった。他のみんなだってそうだ。彼方のことを祝福していたけれど、当然悔しい気持ちだってあるだろう。

「ううん、俺こそ」

セイタが我に返ったように蛇口を調整し、水の勢いを弱める。

「俺も別に、拗ねようと思って言ったわけじゃないんだ。練習でけっこう調子よかったから、もしかしたらって期待してたんだよ。でも、彼方や秀に負けるんだったらしょうがないな。お前らのほうがもっと中ってたし。……がんばってよ」

蛇口を閉め、バケツを提げたセイタが笑う。

「ありがと」

僕は照れ隠しをするように、セイタの手からバケツを取り寄せ、道場へ走りだす。

「お、なんだよ！　秀、俺が持ってくよ！」

セイタの声を背中で受けながら感謝した。


十一月下旬。市営弓道場で行われた新人戦の西部地区大会。

五人立《だち》で合計四十射の的中数で競う団体戦は、浜松二高が圧倒的な強さで制し、優勝した。県大会でも上位を狙えそうな好成績だった。

このあと、個人戦の決勝が続く。

団体メンバーが戻ってくる間の待ち時間に、ノートの看的表に書かれた団体の結果にみんなで見入る。

「彼方と主将で十六射中、十四中か。ここ、最強だな」

セイタが畏敬の念を込めたようなため息をつく。

「他の先輩もまとまって的中してるし、特に最終巡、全員中ててるでしょ。あの緊張の場面でこういう結果が残せるのってすごいよね」

僕もノートの○が並んだところを指でなぞりながら感心する。

「あ、お疲れさまです！」

セイタの声で振り返ると、先輩たちと彼方、試合を終えたメンバーが道場から戻ってきた。

彼方が僕たちを見て、左手の人差し指と中指をまっすぐに合わせて掲げる。先輩たちの中に立つ彼方は、いつにも増してカッコいい。

「さあ、今度は女子個人戦だ。個人戦も団体戦と同じように、チーム一丸となって応援しよう」

主将はそう言うと、矢取道の脇の竹柵に向き直った。

二高弓道部のメンバーが見守る中、道場に女子個人戦決勝の出場選手が入場する。

「あずみちゃん、がんばれー！」

女子部員たちが声援を送った。

そう、女子個人戦の決勝に出るのは、あずみだ。全員が出場選手登録されていた二高女子メンバーの中で、彼女だけが決勝に残った。

あずみはいつもより少しこわばった表情で一揖し、本座に向かう。左足から一歩、二歩と踏み出し、再び左足を踏み込んだところで足踏みをし、射位に立った。

一列に並んだ選手たちの中で、ひときわ小柄な彼女。

「いつも思うんだけど、真野の射ってすごくきれいだよな」

隣で彼方がつぶやく。

以前だったら、その言葉に胸のざわめきを覚えただろう。でも、今は自然に共感できる。

堂々と射位に立つあずみを見る。彼女の言葉を思い出した。

『勝ち負けじゃなくて、どれだけ自分の世界を創り出せるかってことには、区切りとかゴールとかないんじゃないかな』

自分の弓道、それを目指して励んでいたら、いつの間にか決勝だ。あずみは今、みんなが憧れるステージに立っている。

打ち起こされた弓が、大三の型から大きく引き分けられていく。

彼女の弓は、コップいっぱいに満たされた水の表面張力に似ていた。互いに引き合う水の粒子は、傍から見ればただ留まって静止しているようでも、そこに一滴という単位よりずっと少ない微粒な分子が加わることで臨界に達する。その瞬間、すっとひと筋の道を作り、水はあふれる。静かに、一瞬で。

今まさに、あずみの弓から矢が放たれた。それはさっと的へと吸い込まれる。

パァンという心地よい音が響き渡った。

「よぉーーし！」

みんなで叫ぶ。

個人戦の決勝は、中てた者が残り、外した者はその場で退場、同中の者が同時に外した場合は的からの距離で順位が決まる——射詰《いづ》め遠近法で行われる。あずみは連続二中してから三本目を外し、遠近法で九位入賞。県大会の出場権は逃したものの、初出場での結果としてはすばらしい。

彼女へのサプライズはもうひとつあった。個人戦と団体戦の入賞者の中から射型が最もきれいだった選手に贈られる『射道優秀賞』。彼女はそれに選ばれたのだ。

試合翌日の練習後、並んで黙々と土を均しているとき、たまたまあずみとふたりになった。

「おめでとう。射道優秀賞なんて、すごいね！」

僕にとっては思いきった祝福だった。おそらくあずみは、九位入賞よりもこの賞こそがうれしいはずだったから。

「ありがとう」

照れているのか、しっとりとした息遣いだ。

「家族にも伝えた？」

「うん、みんな喜んでくれた。お父さんは、『形だけで取れる賞があるなんて珍しいな』って素っ気なかったけど、お母さんが『シンクロやフィギュアスケートだって、芸術点があるでしょ』って言い返してくれて。そうしたらお父さんも納得して喜んでくれたよ」

話しながら、あずみの表情がほころぶ。

「弓道における芸術点か。お母さん、いいこと言うね」

「いつもわたしの味方してくれるの」

「賞の実感は？」

僕の問いに、彼女は「うーん……」と考え込む。

「正直、まだあんまりかな。試合中だって、わたし自身がよくわからないまま、いろんなことが過ぎてった感じ」

「俺は安心して見てたよ。動じないっていうか、いつもどおりの自然体だったから」

これはお世辞でなく、本心だ。

「そんなことないよ、すごく緊張してた。あんなにたくさんの人に見られるの、初めてだったから。でもね、せっかくいただいたチャンスだったし、だれかと競うんじゃなくて、結局、自分の弓道をするだけだって思って引いたの」

小柄な彼女は、目を輝かせて思いを吐露する。

あずみも彼方と同じように、とても強いんだな。

いとおしい気持ちがいっそう膨らんだ。

ただ、あずみの活躍は心からうれしかったものの、まだ試合にすら出られないもどかしさと焦りもある。

早く試合に出たい。心からそう感じた。

しかし……実現までに時間がかかると思っていたその願いは、すぐに叶《かな》ってしまった。あまり、好ましくない形で。

県大会の団体メンバーには、地区予選と同じメンバーが出ることに決まっていたけれど、レギュラーから彼方が外れ、代わりに僕が、控えから正選手に選ばれたのだ。

――県大会まで一週間に迫った練習中、彼方は一本目から連続二十射的中させる〝二十射皆中〟を成し遂げた。しかもその偉業達成は、この日でなんと通算十回目。一年生の中では一番早いペースだ。

弓を倒し本座から戻った彼方に、セイタが背後から『すごいな、彼方!』と抱きついた。その瞬間、彼方が腹部を押さえてうずくまったのだ。彼の手にしていた弓が、道場の床を打って倒れた。

『え、彼方、どうしたの? 大丈夫?』

セイタの声に、僕たちも練習を中断し、彼方を振り返る。

今までに見たことのない苦悶の表情。

すぐに柊先生が駆けつけ、彼方は先生の車で病院に運ばれた。

翌日、先生からは、彼方は体調不良のためしばらく休養が必要になったと説明された。そして、代わりに僕が、県大会の正選手になることも告げられたのだ。

その夜はなかなか眠れなかった。

彼方の気持ちを考えたら、なんて声をかけたらいいのかもわからない。だれよりも強くトップを狙うことにこだわり、真摯な姿勢で練習してきた彼方が、初めての県大会に出られない。それがどれほど悔しいことか。それに、果たして自分に彼方の代わりを務められるのか。

地区大会では、彼方の活躍がチームの優勝に大きく貢献した。地区予選前後の彼方の的中率と比べれば、僕はそれに劣る。選手に選ばれたうれしさよりも、不安のほうが大きかった——。

そんな中で臨む練習は、集中しようと思えば思うほど、気持ちがふわふわと浮ついて、体から抜けていくようだった。的にはそれなりに中っていたことが、せめてもの救いだ。

「葛城、気負うことはないよ。俺たちはチームなんだから、五人でひとりって気持ちを持っていこう」

県大会まで片手で余る日数しか残っていないとき、練習中に主将に声をかけられた。

「足を引っ張らないように、全力でいきます」

先輩から見て僕は、気負っているように見えるのだろうか。そんなことはない。言葉でなく表情で否定しようと、笑顔で応えた。

何射かしたあと、道場の隅で弦を張り直しているとき、セイタに声をかけられた。

「秀の的中、けっこう安定してるね」

セイタは自分の弓を見つめていた。

「彼方がまさかあんなことになるなんて……。でも、秀の調子がよくてよかったよ」

「余裕なんて全然ないけど、彼方に恥ずかしい姿、見せられないしね」

どうやら彼方は、過度な練習が体に大きな負荷をかけていたらしく、血液に異常値が表れたらしい。小学校のときに患った内臓の病気が再発したらすぐに再入院となってしまうため、練習にはドクターストップがかかった。

彼方は道場には入らず看的を担当している。振る舞いも言動も普段どおりを装っていたものの、これまでほどの覇気はなかった。痛みを我慢しているのか、メンバーから外れたショックからか、時折、どことなく物憂げな表情をする。

「秀は俺たちの代表だからがんばってよ」

セイタが隣で弦を張り直し始める。

「そういえばさ、地区予選の前に、秀、俺の射を見て、離れが少し早くなってるって言っただろ」

たしかに、いつもと違う射型に違和感があったのを覚えている。僕はセイタの言葉にうなずく。

「ちょっと指摘しづらいんだけど、秀も、矢を離すの、少し早くなってない？」

セイタは弓の先を壁のくぼみに押しつけてしならせ、弦を弓の一番下の先、本弭《もとはず》にかけた。

「俺も早気に？」

「ああ、ちょっとそんな感じ」

「そっか……気をつけてみる」

弦を張り直すと、再び射位に立つ。ゆっくり息をして、呼吸を整えてから的を見た。

的の脇で彼方が、先輩の的中に、「ティエーー！」と腹の底から叫んでいる。

彼方の分まで、絶対にがんばるから。そう心に誓って弓を打ち起こし、ゆっくりと引き分ける。左腕の伸びも、右肘の位置もイメージどおりだ。

しかし、矢が口角の位置まで降りたところで、スイッチが入った。

『スイッチが入る』というのは、弓を引き分けて会に入った瞬間、伸び合うことをしないまま、すぐに弦を離したくなる衝動に駆られることだ。

右手は勝手に弦を離し、矢が飛び出す。本当はここでしばらく的を見据え、外からは見えない体の内面からの伸びが必要なはずなのに。

幸いにも、矢は的を射抜いた。

そうなのだ。セイタに指摘される前から、実はなんとなく気づいていた。レギュラーが決まってから、もう何度か同じ感覚を経験している。

このままではよくないとわかっていた。県大会が終わったら、すぐに射型を修正しよう、そう思っている。でも、今大きく変えるわけにはいかない。

練習中に一度、会を長くして無理に矢を持ち続けてみたものの、結局、弦を離すときに右手がびくついて、一瞬弦に引っ張られて右肘が浮いたような――いわゆる『ゆるみ離れ』といわれる状態になった。当然それでは的には中らない。

みんなのために、そして彼方のためにも、外すわけにはいかないんだ。なぜなら先週末、彼方が他人には絶対見せないであろう姿を、僕は見てしまったから。

――午前に練習のあった日曜。その日は前夜からの雨が降り続いていた。吹き荒ぶ風によって道場内に雨が降り込んだため、練習は予定を一時間繰り上げて終了し、みんなで急いでシャッターを閉めた。

後片付けをすると、僕は持ってきていた雨合羽に着替え、自転車を手で押しながら正門の坂を下った。駅前のアーケードを通ったほうが少しでも雨をしのげると思い、いつもとは違うルートを行くと……。

ちょうど馬込川沿いの道を歩いているとき、橋の中央付近に、激しい雨脚を傘も差さず、体でそのまま受けている人影を見つけた。

僕が立つ位置からそこまでは二十メートルほど。彼はこちらに背中を向けていた。それが彼方だということはすぐにわかった。雨で髪が頭に張りついている。上下ともジャージ姿。色合いを見る限り、それにもたっぷりと雨が染み込んでいるようだった。

橋の入り口に近づくと、彼の横顔が見えてくる。

声をかけようとして、思いとどまった。なぜなら……彼方は顔をしかめ、目を閉じ、口を開け、泣いていたから。両手はがっしりと橋の欄干をつかんで。

彼はけっして、そんな姿を人に見せようとも、見られていいとも思っていないはずだ。それなのに、こんな白昼に、橋の中央で泣いている。

好調なスタートを、自らの気負いで棒に振ってしまったことへの不甲斐《ふがい》なさや悔しさ、もどかしさ。たとえ彼のような強い人間であっても、感情を出さずにはいられなかったのだろう。

僕たちの希望の星——彼方は、大きな口を開いて、天を仰いだ。

僕は雨合羽のつばを手前に引っ張り、顔を覆う。彼方は僕に気づかれたくないはずだから。

声をかけずにそのまま川沿いの道を進んだ。

僕にできることはただ、彼方のために、試合に勝つことだけだ——。

大会前日の夜、あずみからスマホにメッセージが届いていた。

【いつも秀くんに力をもらってばかりだけど、わたしも秀くんのこと、応援してるよ】

恋人同士のやりとりではなく、あずみにとっては友情のようなものなのかもしれない。それでも、僕のことを気にかけてくれていることがなによりうれしかった。

そして、十二月上旬、週末の土曜日。新人戦の県大会。

朝四時に目が覚めた。三十分ほど家の近所をジョギングし、それからシャワーを浴び、弓道部用のジャージに着替える。

父はまだ寝室で寝ていた。母は仕事が休みだったため、朝食を作ってくれるという。

「今日はなに、練習じゃなくて試合？」

母がキッチンでフライパンを返す。

「うん、市営弓道場」

僕は母の背中に向かって答えながら、食卓に腰を落ち着ける。

「秀は応援？」

「ううん、出るよ」

「え、そうなの？　一年生も全員出られるの？」

「いや、俺だけ」

照れもあってか、少しぶっきらぼうな言い方をしてしまう。

「なによ、もう。相変わらず口下手なんだから」

母は振り返ると、少し頬を膨らめた。

「すごいことじゃない。そういうの、しっかりと報告しなさいよ。こっちだって喜ぶタイミングがわからないでしょ」

「母さん忙しそうだったから」

苦しい言い訳だ。これで母が納得するはずがない。

案の定、フライパンを手にしたまま詰め寄ってくる。

「いい報告には、忙しいもなにも関係ないの。なんならメモにでも書いてテーブルに置いておけばいいじゃない。一年生で唯一試合に出ることになりました、って。これからは必ずそうするか、事前に言いなさいよ」

「はい……」

僕は慌てて白旗を上げる。

「じゃあ、どうぞ。今日もふわふわよ」

母が焼いたばかりの卵焼きを、フライパンから皿に移し、僕の前に置く。

「いただきます」

母の卵焼きを口に含んだ。ゆっくりと咀嚼《そしゃく》するうちに、甘みと、とろけるような食感が広がる。

「でも、秀には弓道、合ってるかもね。黙々と引けばいいんでしょ。声出さなくていいし、なにより、ひとりでなにかやるほうが向いてそうだもの」

「俺が出るの、団体戦だよ」

「あら、弓道って団体戦があるの？　まさかみんなでひとつの弓を引くわけじゃないわよね」

「なんだよそれ」

母はいつでもあっけらかんとしていて明るい。

僕はそのあと、ご飯と焼き魚、みそ汁も平らげると、「ごちそうさまでした」と手を合わせて席を立った。

スポーツバッグを肩にかけ、弓袋を持って玄関を出るとき、「秀」とうしろから声をかけられた。母がエプロンで手を拭きながら駆け寄ってくる。

「やるからには全力でがんばってきなさい。中学のときに溜め込んだフラストレーションてやつを、爆発させてやれ」

母は笑顔でそう言うと、強く握ったこぶしを自分の顔の横に掲げた。

市営弓道場には集合時間の一時間も前に着いた。

日は出ているものの、空気がひんやりと乾いている。

頬が冷えた。ほのかに土の匂いがする。

既に道場のシャッターは開けられていたものの、役員の方々が三人ほど来られていただけで、辺りは静まっている。僕は道場脇の芝の上にバッグを下ろした。

「おう、早いな、秀」

いきなり背中から声をかけられ、驚いて振り返る。

背後に学生服姿の彼方が立っていた。ふたり並んで的場裏の土手に腰かける。

「急にバトンタッチしちゃってごめんな」

彼方が申し訳なさそうに口を開く。

「調子はどう」

彼方の体を慮《おもんぱか》る。

「ああ、別になんとも。医者は無理するなって言うけど、普段は痛みも全然。引いていいならいつでも引ける」

彼方は肩をぐるぐると回した。

「人生は長い、って言いながら、たぶん焦ってたんだよな」

急に声のトーンが下がる。

「彼方が？」

僕は意外に思った。普段は弱気なんか見せない彼方の、素顔を見た気がしたから。

「先輩たちが弓を引く姿は、俺の中に完全にインプットしてあったんだ。あとはとことん、稽古して体に染み込ませるだけだって思ってた。だから、部活が終わったあとも、ここに来て毎晩引いてた」

「え、ここって、ここ？」

僕は地面を指す。

「そう。毎晩、『弓友会《きゅうゆうかい》』っていう会が夜十時までやってるの、聞いてさ。お願いして混ぜてもらってたんだ。実乃里も、受験勉強があるのに一緒に参加してくれて、たくさんアドバイスくれた」

そうか。だから彼方は、最近ひとりだけ早く学校を出ていたのか。

「そこまでしてたんだ。すごいな、彼方は」

「すごくはないよ。それでこのザマだし」

彼方は目を伏せる。半笑いを浮かべた顔がさびしそうだ。

「俺、彼方の分もがんばるよ」

「いや、そんなに背負わなくていいよ。秀は、秀の分だけがんばればいい」

彼方が空を仰ぐ。今日は雲ひとつなく晴れ上がっていた。


集合時間になりみんなが集まると、道衣に着替え、ユガケを挿す。

道場脇の芝で、矢を番えずに何度か素引きした。気持ちは落ち着いている。

「ようし、二高、心をひとつに、いい射をしよう！」

出場登録メンバーみんなで円陣を組み、先輩のかけ声に合わせて声を出した。

「オーッス！」

こぶしに力が入る。

道場への入場口奥の廊下で、一列に並ぶ。

「葛城。前にも言ったけど、五人でひとりだと思え」

うしろから主将がささやき、僕の背中を軽くたたく。

声で応じる代わりに、大きくうなずいた。

一番手の学校の行射が終わり、最後のひとりが退場した。本座のパイプ椅子に座っていた二番手の学校の選手たちが、いっせいに立ち上がり、射位に進む。

入場口脇にいた進行役員から、「では浜松二高、入場してください」と声がかかる。

「じゃあ、いくよ」

先頭に立つ女子の先輩が僕たちを振り返り、小声ながら、力強く発する。

一列になり、順に揖をする。道場に入ると、前の学校が行射するすぐうしろの椅子に座り、自分たちの番を待った。

道場から見る外の世界は、目がくらみそうなほどまぶしい。冬の日差しがそんなに強いはずはなかったけれど、たぶん、それだけ緊張していたのかもしれない。

矢道の両側にはいろんな高校の生徒たちが並んでいる。右手側の竹柵の辺りに、あずみや彼方、セイタたちの顔が見えた。試合に出られなかった二年生の先輩たちも緊張の面持ちで見守っている。そして、マリア先輩がガッツポーズをしてにっこり笑っていた。

先輩、来てくれたんだ……。

手元を見ると、弓を持つ手の平がじっとりと汗ばんでいることに気づいた。右手で弓を持ち替え、左の手の平を袴に当てる。

安土脇の看的板には、前で弓を射るふたつの高校、十名の的中状況が表示されている。

前の五人は全員がバランスよく、的中を続けていた。

一方、うしろのチームは五人全員が三本目を射終わったところで、十五射六中。いくら一立目とはいえ、このままいくと決勝進出はかなり厳しい。特に、僕の座っている目の前の選手は、三連続で×が並び、チームの流れを止めていた。

こんなとき、いったいどんな気持ちで射位に立っているのだろう。

ふと、マリア先輩を見た。行射を眺めていた先輩が、僕の視線を察し、目が合う。

先輩は右手で自分の左胸の辺りをトントンと触れた。

落ち着け。そう言ってくれているようだ。

ふーっと息を吐く。

結局、前の選手はすべて外し、退場した。

いよいよ、僕たちの番。椅子からいっせいに立ち上がると、本座に進んだ。

進行役から「始め」の合図がかかる。そろって一揖し、左足から進み、足踏みして射位に立つ。

四本の矢をいったん足元に置き、そのうち二本を手にして、体を起こす。

先ほど拭いたばかりの左の手の平が、再び汗ばんでいることに気づいた。

射位に立ってから弓を離すことはできない。もう一度、ふっと息を吐く。一本目の矢を番えて一度右手を腰にやったあと、乙矢を小指と薬指で握り、再び腰に戻す。

一番手である大前の先輩の弓が打ち起こされたのがわかる。顔を少しだけ左に向けると、僕たちの射を見守る二高メンバーが目に入った。

その瞬間、的にスパンと勢いよく矢の突き刺さる音が響いた。

「よーっし！」

力強いかけ声が湧く。

僕は目を閉じた。

落ち着け、落ち着け……。あずみのために、彼方のために、先輩たちのために、みんなのために、絶対成功させるんだ。

二的の先輩の矢が放たれた。的を射抜く爽快な音。

続いて中《なか》――三番手の先輩の打起し。場内の役員たち、係の人たちの視線がいっせいに集まる。的を向く先輩の目は、半分閉じたような、うっすらと開いたような落ち着きが感じられた。

弓を引くときにはよく、『骨で引け』といわれる。無駄な力を込めず、無理な動きをしない、つまり余計な筋肉を使わないということだ。いかなる力みも的中の妨げとなるから。目にすら力は込めない。

両腕が正反対にぐうーっと伸び、大きく弓を引き分ける。絶妙のタイミングで放たれた矢は、まっすぐに的を貫いた。

「よーっし」という声が響き渡る。

ついに僕の番だ。大きく息を吸い込み、弓を打ち起こした。

突然、心臓の鼓動が鳴り響く。夜、寝床に身を委ねて目を閉じた瞬間に聞こえ始める、時計の針の音のようだ。

左こぶしを的に向けて突き出す。大三の形で、いったん呼吸を整える。

観客の視線が自分に集まっているのがわかった。冷静だからそれに気づいたのか、意識が的に向いていないからか。しかし左腕と右肘を、何度も練習してきたとおりに引き分ける。

手首で引くな、胸で引け。途中で迷うな、止まるな。伸びろ、伸びろ。

先輩たちに言われてきた言葉が頭の中で響く。

シャフトのひんやりとした感触が頬に伝わり、矢尻が的を見定めた。

……あっ。

右手が離れ、左手の中の弓がくるりと返る。早かった。伸び合いが十分でない。

「よーーっし!」

会場からかけ声が湧いた。

中った……。

弓を倒すと、僕は肩を波打たせて息をした。

一度始まった試合は、時間という紐《ひも》を手繰《たぐ》るように、思っていたよりも早く進む。すぐに一巡し、また僕の番となる。

二本目も、会に入った瞬間、右手が離れた。矢尻が的に合ってから、一秒と経たないうちに離してしまった。

しかし、それでも的中した。今なにを考えたとしても、どうにもならない。このリズムで射続けて、なんとか乗り越えるしかない。

二巡して、チームは十射八中。

三本目。矢尻が的を狙い澄ます前に離してしまった。矢は大きく左上に逸れて、危うく安土にかけられた幕に穴を開けるところだった。

外したときには、場内は静まる。

四本目、引き分けて会に入った状態で、心で三秒数えて離したものの、矢は的枠をかすめて外れた。

弓を倒して正面へ向き直ると、足踏みを戻して射場を出る。退場口で一揖するとき、看的板が見えた。

先輩はみんな、三中か皆中。僕だけが二中で、みんなの足を引っ張っている。こめかみが小刻みに痙攣する。体が重い。僕がもっと中てていれば、チームは勢いに乗ったはずなのに……。

道場を出ると、選手だけで的場裏に集まった。そういえば、初めて応援に来たときにも、先輩たちはそうしていた。

「葛城、緊張するなとは言わないが、会が短すぎる。あれじゃ、ろくに的を狙えてないんじゃないか」

主将が真っ先に口を開く。興奮しているわけでも怒るわけでもなく、心配そうな表情をしている。

「すみません、なんだかスイッチが入ったように右手が離れてしまって。四本目だけは三秒くらい伸びたんですが……」

「三秒？　いや、四本目も、たぶん三本目と同じくらい……一秒もなかったよ」

そのとき、「ちょっといいかい」と声がした。振り返ると、白衣姿の柊先生が立っている。その眼差しは優しげだ。

「先生……」

「葛城くん、お前さんを選手に選んだのは彼らだ」

先生が先輩たちを指す。

「だから期待してないわけはない。ただ……、期待しすぎてもいない。人に頼って引く弓は、弓じゃない。同時に、俺がなんとかするなんて思うのも驕《おご》りだよ。五人立《だち》ってのは、五人でひとり。全部中てても五分の一。背負うんじゃなくて、自分の役割を全うすることが大事なんだよ。だから、葛城くんは葛城くんの射に集中しなさい」

僕は大きくひと言、「はい」と返事をした。

二立目の前にはいろんな人に励まされた。

彼方には『二本中ててるんだ。自信を持って、最初のイメージでいこう』と。セイタからは『一年生の出場選手で二本以上中てているのは、秀を含めて三人だけだよ』と、勇気が湧くデータを教えてもらった。そしてあずみからは『応援してるよ』と、短くも勇気を奮い立たせてくれるひと言を。

もしもドラマやマンガだったら、僕はたぶん、ここで立ち直り、二立目で次々と的を射抜き、チームも勝ち上がっていくのだろう。

しかしながら、一度歪んだ歯車は、そう簡単には戻らない。

この世の中で、周りの期待や思いを必ず結果につなげることができるなら。夢があって、絶対叶うと信じてがんばり続けることで、本当にそれが叶うなら。すべての勝負事に〝負け〟はなくなる。

でも、実際はそうじゃない。勝つ者がいれば負ける者がいて、努力が必ず報われるわけではない。

僕は、二立目を四本すべて外した。そして僕が負けの運命を引き寄せてしまったのか、チームは僅差《きんさ》で決勝進出を逃した。

試合後、ひとり離れて着替えた。先輩たちには道場を出てから何度も謝ったものの、『そんなに謝るな、なにを謝られているのかわからない』と言われた。もはや、まともにみんなの顔を見られない。

着替え終わると、午後を待たずに現地解散となった。

本来なら、選手は学校に戻ってミーティングを行うことになっていたけれど、柊先生から『今日はいろいろ疲れただろうから、また月曜』と告げられた。おそらく、先輩たちもショックだったのだろう。二高の団体チームが県大会の予選で敗退したのはずいぶん久しぶりらしい。

僕が出たばかりに、先輩たちのがんばりを台無しにしてしまった……。

「葛城」

落ち込みながら荷物をまとめていると、うしろから声をかけられた。

顔を起こすと、マリア先輩が立っていた。

「先輩……」

たたんでいた袴をバッグに詰めて立ち上がる。

「今日、どうしたんだよ。弓を引き分けてから、全然伸びてなかった」

マリア先輩にいつものような威勢はなく、残念だという思いが顔ににじむ。

「変な試合しちゃって……すみません。離したくないのに勝手に離れてしまって」

自分でもそれがなぜなのか、いまいちわからない。

「ちょっと前からなってたのに、直さなかったんでしょ。セイタが練習中、葛城に伝えてたって、他の連中から聞いた」

マリア先輩の言葉が急に冷たく聞こえた。

「え……」

「セイタ、葛城に早気じゃないかって言ったんだよね。そのとき葛城、気をつけてみるって答えたんだよね。でも結局、変えようとしなかった」

「それは……」

口ごもると、マリア先輩は首を横に振る。

「葛城、地区予選の前にセイタに言ったらしいじゃん。セイタが早気になってきてるって。あとでフォームを直すのは大変だって。スランプになってからじゃ遅いって」

「どうしてそれを……」

「地区予選前だってのに、セイタが射型を直したいから見てくれって、わたしに頭下げてきたんだ。こっちは引退してるし、受験勉強もあるし、普通頼んでこないと思うんだよね」

マリア先輩の声に、苛立ちが混じる。

「それで、巻き藁練習で何回も伸びる練習したり、引分けを早くしてみたりして。まあ結局、一時的に的中率が下がって、ひょっとしたらそのせいでセイタ、レギュラーから漏れたのかもしれないけど、でもがんばって直したんだよ。葛城に言われたから」

そうだったのか……。そんなこと、全然気づかなかった。

僕が控え選手に選ばれたあの日、セイタとはバケツの水を汲みに行ったとき、ふたりで話した。あのとき、セイタはなんて言ってた？　『がんばってよ』って応援してくれた。でも本当は……。

「それでセイタ、怒ってたんですね」

「怒ってないよ」

マリア先輩が悲しげな目をする。

「セイタは怒ってないけど、葛城があいつの気持ち、全然わかってないから」

「……すみません」

「弓道ってのは的当てゲームじゃないんだ。自分の弓ができなきゃ中っても意味がない。まあ、そもそもわたしも早気で失敗してるから、偉そうなこと口にできる立場にないこともわかってるよ。でもさ、なにかモヤモヤしたものを胸にしまっておくの、苦手なんだ。だから今日ははっきり言った。知っておいてほしいことは全部伝えたから、これはこれで終わり。じゃあね」

マリア先輩が芝のほうへ走っていったあとも、僕は顔を上げられなかった。

そのとき、視界の端にあずみの姿を捉えた。

彼女は今、どう思っているだろう。ふたりきりにならなくてよかった。今あずみと顔を合わせても、見せる顔がない。どんな会話をしていいのかもわからない。

ひとり、取り残された気になった。

スポーツバッグを肩にかける。入っているものは変わらないはずなのに、来たときよりも、ずいぶんと重く感じる。

弓袋を手にして歩を進めようとすると、目の前に今度は彼方が立っていて、片手を振る。

「お疲れ」

「ふがいない弓道しちゃって、ごめん」

かすれそうになる声を必死に振りしぼった。

「謝るなよ」

彼方が陽気な声音で返す。

「俺が出てたとしても、どうなってたかわかんないよ。人間万事塞翁が馬。だれにも予測なんてできない」

「いや。彼方が出るべきだったんだ。俺じゃなくて彼方が」

奥歯を噛み締める僕に、「無理だよ」と彼方が自嘲気味に笑う。

「彼方、前に話したよね。才能の有無だけでスポーツを語ったらおもしろくないって」

こぶしを握りしめ、思いを吐き出す。

「ん？　ああ」

彼方はいたって冷静に答えた。

「強豪校や常勝チームはなんで強いのかって」

「ああ、それも言った」

「模範となる先輩がいて、ここにいれば勝てるっていう潜在意識が働くからだって。でも、だったらどうだろう。その強豪校の中にもレギュラーと補欠がいて、差が出るのはなんで？　絶対的なエースがいれば、頼りないメンバーもいるもんだろ。同じ環境で同じメニューこなして、どんなに腕を磨いてたって、差は出るだろ。それってなんなんだよ。模倣？　潜在意識？　結局、才能じゃないか。才能があるかないか、そういうことじゃないか！」

今さらながら、自分が声を荒げてまくし立てたことに、はっと気づいた。

「レギュラーになれなかったみんなをバカにするな」

彼方は静かに、諭す目をした。

「バカになんて……」

「秀にそんなつもりはなくても、そう聞こえる」

言葉が見つからない。

「それに……」と彼方が目を伏せる。

なんでそんなに悲しげな表情をするんだ。

「俺、言ってもしかたないこと、口にするつもりないよ」

冷たい槍《やり》をうがたれたようだった。

言ってもしかたないことってなんなんだ。才能がなかったら、あきらめるしかないってことか。勝つヤツがいたら、負けるヤツもいるのが当たり前ってことか。

「秀。そんなに泣くなよ」

彼方に指摘されて顔をぬぐうと、ジャージの袖が湿った。

俺、泣いてたんだ……。

いや、本当は、気づいてた。わかっていたけれど、こらえようとしても止まらない。さらに涙があふれた。きっと鼻水も流れてる。

「同情されるくらいなら……笑われたほうがマシだ」

せめて嗚咽《おえつ》だけは漏らさないように、無駄に強がってみたものの、頬を伝った涙が顎に集まり、雫《しずく》となって滴り落ちる。そのたびに、せめてこの悔しさを一緒に洗い落としてくれと願った。

すぐには家に帰れず、ひとりで街をぶらぶらと歩いた。

初めに入ったファストフードショップは、中高生たちの話し声や笑い声がうるさく、五分もしないうちに出た。結局、見知らぬ公園のベンチでやり過ごし、日が暮れてから帰った。

家に着き、あずみからスマホにメッセージが入っていることに気づく。開くと、【今日はお疲れさま】とあった。

返信はしなかった。そのままスマホを床に置き、ベッドに倒れ込むと、枕に顔を押し当てる。……が、どうしても声が漏れる。

「くそう。うおおおううう」

母がそれを聞いていたら、『オットセイかなにかの鳴きマネ?』と尋ねてきただろう。

濡れる枕に強く顔を埋め、ただただ泣いた。

翌朝、床に置いてあったスマホの振動で目を覚ました。
部屋の電気がついていた。昨日ベッドに倒れ込み、そのまま眠ってしまったらしい。
それを抜きにしても、前日のショックからか、すぐには意識がはっきりとしなかった。
カーテンの外側が明るい。ベッドから這い出るようにして床のスマホをつかむ。
「もしもし……」
寝起きのため、声がうまく出ない。
『あ、わたし。あずみ。秀くん、やっと出てくれた』
気のせいか、あずみの声は震えているようだ。
「やっとって、そんな、何回もかけてくれたの？」
状況がつかめない。
『もしかして、今起きた？』
「え、あ、……うん」
『今、何時かわかる？』
怒っているわけではなく、むしろ心配そうにあずみが聞いてくる。
何時って……何時だろう。
『二時だよ』

机の上の小さな置時計を見ると、たしかに針は午後の二時を回っていた。いったいどれだけの時間、寝込んでしまったのだろう。

「ホントだ……」

ぼんやりとしていた頭が、一気に働き始める。

『昨日の夜、メッセージを送ったの、迷惑だった？』

あずみが申し訳なさそうに問う。

「いや、まさか。返事できなくて……ごめん」

『秀くんの気持ちを考えないまま送っちゃったかなって心配になって。電話しようかどうか、ずーっと迷って……もしそれでも出てくれなかったらどうしようって何度もためらって……』

あずみの声量が、話し続ける中で後半になるにつれてどんどん大きくなるのがわかった。話すテンポも速くなる。

「心配かけて、ごめん」

『ううん。よかった。本当に不安だったんだもん。もう、秀くんと話せないんじゃないかって……』

そのあとは言葉にならないようだった。

「ありがとう。ホント、ごめん」

うれしさと情けなさがない交ぜになって、なんだか泣けてきた。

『秀くん』

あずみの声が少し落ち着く。

「ん？」

『このあと、川中先生のとこ、来れる？』

あずみからの意外な申し出に戸惑う。

「どうして？　なんか買いたいものでもあるの？」

『ううん、そうじゃないけど。ダメ？』

「いや、行くよ。準備したらすぐ行く」

もちろん、気持ちはまだ鬱々としていたけれど、先ほどのあずみの言葉が、一つひとつ、心にしみた。こんなに僕のことを気にかけてくれるのだから、もうこれ以上彼女を心配させてはいけない。

顔を洗い、服を着替えると、すぐに自転車にまたがり川中弓具店に向かった。

店の前に自転車を停めると、中からガラス戸が開く。

「来てくれてありがと」

顔を出したのはあずみだった。

「あれ、もう着いたの？」

あずみの家からだとバスでももう少しかかるはずだ。

「ううん、実は……午前中からずっとここにいたの。家にいても不安でしかたなくて、川中のおばさんに電話したら、ウチに来たらって。それに甘えちゃった」

「そうなんだ……」

あずみに促されて店の中に入る。

普段は練習後、夜に来ることが多かったため、昼間に見る店内はどこか違った雰囲気だ。天井のしみや柱の傷はそのままに、板壁のところどころに見える節の形のおもしろさや、矢羽の美しさ、立てかけられた弓の鈍い光沢が新鮮だった。

あずみに続いて店の奥のガラス戸を開け、「お邪魔します」と言って靴を脱ぎ、居間に上がる。

「葛城くん、待ってたわよ」

ちょうど奥から川中のおばさんが出てくる。

「こんにちは……」

「ご飯は食べた？」

その瞬間、お腹がぐうと鳴った。

「あら、やだ」

おばさんが手を打って笑う。

「起きたばかりで、急いで来たもので」

顔から火が出そうだ。

「あずちゃん、やっぱり作っておいてよかったわね。用意してくれる？」

川中のおばさんがそう言ってアイコンタクトすると、あずみは「はい」と返事して奥の部屋へ向かい、そしてすぐにお盆を持って戻ってきた。

前のちゃぶ台に、おにぎりがふたつと、たくあん、湯飲みが置かれる。

「これ、あずちゃんが握ったのよ」

おばさんがうれしそうに教えてくれる。

「うまく握れたかわからないよ。梅干の位置も真ん中かどうか」

あずみが恥じらう。

「ありがとうございます」

それしか言えなかったけれど……うれしすぎる。

目の前にあずみとおばさんが腰を下ろす。

「いただきます」

ふたりにまじまじと見つめられながら、おにぎりを頬張った。

「どう？」

あずみが心配そうに体を乗り出す。

「うん、おいしい」

「よかった！」

おばさんとあずみが手をたたいて喜んだ。

ふたりの温かさに胸がいっぱいになり、涙腺がゆるみそうになった。でも、まさかおにぎりを食べて泣いてはいけないと、お茶をぐっと飲み込み、やり過ごす。

二個とも食べ終わり、「ごちそうさまでした」と手を合わせると、あずみが再びお盆にお皿と湯飲みをのせて、奥の部屋へ運んでいった。

小さな居間に、僕と川中のおばさんのふたりになる。

「あずちゃんて、本当にいい子ね。おにぎりを用意したいって提案したのもあの子よ」

「そうだったんですか」

「葛城くんのこと、朝からずっと心配していたわ。あんないい子を悲しませちゃダメよ」

おばさんが、右の眉を上げて釘を刺すように言う。

「すみません」

肩をすぼめ、それしか言葉にできなかった。

「昨日はお得意さんの弓矢の納品があって見に行けなかったんだけど。聞いたわよ、試合の結果」

「すみません……」

また謝った。うなだれるように頭を下げる。昨日の記憶が急によみがえって、それを思うたびに胸が苦しくなる。

「謝ることじゃないわ。でも、どう？　深遠なる弓道の世界は」

おばさんの声は優しかった。

ただ、それが逆に堪える。どうせなら、もっと詰問してほしい。なんで外したんだと。なんでセイタの助言を聞かなかったのだと。もっともっと責めてくれればいいのにと、自分勝手な思いに駆られる。

「正直、つらいです……」

「なにに対して？」

「みんなの期待に、応えられませんでした。チームの足を引っ張ってしまい、僕のせいで……」

負の記憶がよみがえる。喉がカラカラだ。

「葛城くんは、みんなのために弓を引いているの？」

「……はい」

自分でも情けなくなるほど弱々しい返事をする。

「チームのため、レギュラーになれなかったメンバーのため？」

「そうです。先輩たちや、肩を痛めて試合に出られなかった彼方の分も……みんなの力になりたかったです」

「でも、なれなかった」

おばさんはまっすぐ僕を見据える。

「それが申し訳なくて……」

「うまくいかなかったのは、才能のせい？」

聞かれたことに、即答できない。

『結局、才能じゃないか。才能があるかないか、そういうことじゃないか！』

昨日彼方に言い放った言葉を、おばさんは知っている？　いや、そんなはずはない。偶然か。

「才能、かもしれないって思っている自分がいます」

おばさんの目を直視できず、畳を見た。

「葛城くんの弓道って、なんだろう」

おばさんがぽつりとつぶやいたとき、居間の襖《ふすま》が開いた。

「秀くん、一緒に弓、引こう」

襖の奥からあずみが顔を出す。彼女はなんと、先ほどまでの私服ではなく、道衣を着ていた。

「ど、どうしたの」

僕は思いもよらなかったあずみの姿に慌てる。

「一緒に引きたくて、持ってきてたの」

彼女は胸元に手をやり微笑んだ。

「引くって、どこで？」

「ここで」

「ここ？」

ところどころ黄ばんだ漆喰《しっくい》の壁を見渡す。

「やあねえ、ウチの奥に自前の道場があるのよ。狭いけどね」

おばさんが居間の奥を指差した。

「葛城くん、道衣持ってないでしょ。ウチに予備があるから使いなさい」

「いいんですか？」

いきなりのことに戸惑った。

「もちろんよ」

おばさんが大きくうなずく。

居間の奥の細い廊下を進むと、その先に木の引き戸がある。戸を開けると、そこは……道場だった。

川中道場は、射位と本座を合わせて八畳間ほどの広さで、そこから長い矢道が伸びる。先にある安土には的が三つ。

射位には川中先生が立っていた。着物のような黒い道衣の右胸をはだけ、今まさに弓を打ち起こすところだ。

いつも見ている川中先生は、ゆっくりとお茶をすする気のよさそうなおじいさんという感じだったけれど、今目にしている左肩の筋肉の盛り上がりは、お年寄りのそれではなかった。前におばさんが、先生は昔『鬼の川中』と呼ばれていたと話してくれた。その姿が射位に立つ先生に重なる。

大三から引分けに入り、するすると矢が降りていく。弓のしなり具合を見れば、それが軽い弓でないことはわかった。けれど、川中先生は弓など持っていないと思うほど自然な引分けをする。

両肘と両肩が一直線に並び、矢と同化している。ピンと張られた弦と胸、頬に触れる矢の織り成す角度が完璧に見えた。

会に入ってからは、時間が止まったように静止している。一瞬を切り取ったかのようだ。

細長く伸びた矢道の上だけ屋根がなく、吹き抜けになっている。ぽっかりと空いたその隙間から、薄青色の空がのぞく。

川中先生の右手が、弦をさっとはじく。矢は当然のように、的に納まる。

スパンッという、爽快な音が響いた。

弓を倒し、足踏みを閉じると、川中先生が振り返る。その顔は〝鬼〟ではなく、いつもの優しそうな皺が刻まれていた。

川中先生に礼をして、今度は僕とあずみが並んで本座に立つ。

吹き抜けから差し込む光が幻想的だ。空へ続く道の入り口にいるようだった。

川中先生は道場の片隅に正座し、静かに僕たちを見ている。

弓と矢を腰に構え、的に一揖。あずみと息を合わせ、ふたりとも同時に左足から踏み出し、射位に入る。

目の前には、あずみの小さな背中。ふたりで並んで的前に立つのは、初めて出会った日を含めてこれで三度目か。

今日あずみが僕をここに呼んでくれたのには理由があるはずだ。言葉にはしなかったが、いったいなんだろう。僕になにかを伝えようとしているのか。

合図を送ったわけではないけれど、僕たちは同時に打ち起こした。

あずみがこんなに近くで、ただふたりで弓を引いてくれている。これ以上のことを望みようがない。……ない？　そうだ。たしかに望んでいない。

僕が弓道を楽しいと感じるきっかけをくれたのは、まぎれもなくあずみだ。彼女がいてくれたから、僕は弓に打ち込めた。彼女と一緒に引くときほど高揚感に、そして幸福感に包まれることはない。

あずみのために引きたい。いや、そうではなくて、あずみと一緒に引きたいんだ。彼女のため、ではなく、彼女と一緒に。

あずみの呼吸を感じ取って、気持ちを合わせる。これはなにかのためでも、まして試合に勝つためでもなく、ただ、楽しいから。楽しいから引くんだ。

息を整え、左こぶしを的へ向ける。大三。

じゃあ、試合で僕は、なんのために引いていたんだろう。彼方のため？　先輩たち、チームのため？　セイタたち、試合に出られなかったメンバーのため？　それとも、あずみのため？　そのどれもが正しいようで、なのに、すべてが違う気もする。

だれかのため、と言いつつ、その実は、的中のために引いていたんじゃないか。中てることがすべてだった。

それもたしかに必要なことだけれど、そう考えてがんばるときに楽しさはなかった。たぶん、勝手にいろんなことを考えすぎたんだ。的中こそが最も重要なことだと自分に言い聞かせ、勝手に舞い上がり、自滅し、才能がないと卑屈になって……。

僕はいつだってそうだった。彼方に嫉妬して、人をうらやみ自分を貶《おとし》めてきた。

でも、そんな僕でも、純粋に夢中になれる瞬間があった。

僕に僕らしい射ができていたのは、楽しんでいたときだ。あずみとふたりで引ける幸福、彼方やセイタと競う喜び、そういったことを感じるとき。

無駄な力をすべて削ぐ。胸を開き、大きく、深く、体の芯から伸び合う。矢のシャフトが頬をなでながら口角まで降りる。

『そんなに背負わなくていいよ。秀は、秀の分だけがんばればいい』

彼方の言葉を思い出す。

『五人立ってのは、五人でひとり。全部中てても五分の一。背負うんじゃなくて、自分の役割を全うすることが大事なんだよ。だから、葛城くんは葛城くんの射に集中しなさい』

柊先生は既に、大切なことを教えてくれていた。

どうして気づかなかった。どうして心で聞かなかった。僕は、僕の射をすればよかった。ただ没頭して、その喜びを感じればよかった。前にマリア先輩が言ったじゃないか。

『試合で勝つために練習してるんだから』

あのときは、その意味がわからなかった。勝つことこそが大切なのか。試合で勝てない人間は練習する意味がないのかと憤った。才能がすべてなのか、と。でも、そうじゃない。僕は、マリア先輩の言葉を履き違えていた。

だれかのため、なにかのためだと意気込んで、勝手に背負うべきじゃなかったんだ。つきまとうプレッシャーは、だれにでもある。それを恐れず否定せず、だれかのせい、なにかのせいにしないために、練習で納得するまで引き続けるしかない。そういうことじゃないか。

試合で勝つっていうのは、自分の思い描く弓道をするってことだ。だれかと競うんじゃなくて、結局、自分の弓道をするだけだから。

あずみは最初からそうだった。弓を楽しんでいた。引くのがうれしくてしかたないという顔をしていた。

今、あずみとともに、ここに立っている。

文化祭で、あずみはホシナに思いのたけをぶつけた。あずみはあのとき、リセットした。

今度はあずみが、僕をリセットしようとしてくれている。

的に向かうことは、自分自身と語ることだ。自分と向き合って、自分の射を見つめる。

ありがとう、あずみ。

左手の中の弓がくるっと返る。二本の矢が勢いよく放たれた。

気持ちいい。そうだ。これが僕の好きな弓道だ。

聞きなじんだ、的を射抜く音が、ふたつそろって空に響き渡った。

このままずっと、ここに立っていたい。

弓を倒し、息を整える。

足踏みを閉じ、あずみが僕を振り返る。

「また、シンクロしたね」

満面の笑みで彼女が言う。

「ありがとう、あずみ」

先ほど心で発した言葉を口にする。

この世で一番、いとおしいきみ。その瞳、その頬、その鼻、その耳、その唇、その髪、その腕、その手、そのひたむきさ、その純粋さ。すべてがいとおしい。きみとなら、この先も強い気持ちでがんばれそうな気がする。

僕はやっぱり、あずみのことが好きだ。

改めて自分の気持ちを噛み締めたそのとき、道場の片隅からゆっくりと拍手が聞こえた。

ふたりで同時に振り返ると、川中先生がうんうんとうなずきながら、手を打っている。

「あ」

こんなことを言ったら怒られるだろうけれど、今の今まですっかり、川中先生の存在を忘れていた……。

ユガケを外すと、僕たちは並んで先生と対座し、深く一礼した。

先生はにんまりと笑いながら、懐から一通の茶封筒を取り、前に差し出す。

「ひどぃ、ぃちりょう」

今、なんて？

歯のない川中先生の言葉はうまく聞き取れなかった。だけど目の前の封筒を両手で大切に受け取る。

そういえば……川中先生は以前、マリア先輩にもなにかメッセージを書いていた。僕がおばさんから預かり、マリア先輩に渡したっけ。結局、あの中身は見せてもらえなかった。いったいどんな言葉が記されていたのだろう。

道衣を着替えると、僕たちは川中先生とおばさんに何度も頭を下げて、店を出た。

日が暮れかけて、辺りは薄暗闇に包まれ始めている。そのまま川沿いの土手にある小さな公園に向かい、ブランコに並んで座る。

「川中先生、なんであんな言葉を言ったんだろう。『ひどい治療』って。お医者さんでイヤなことでもあったのかな」

あずみが首を捻る。

「でも、あの場でそんなこと言うかな」

「そういえば……」

あずみが思い出したかのように手をたたく。

「川中先生の手紙、なんて書いてあったの」

「いや、まだ」

ポケットから、折りたたんでいた茶封筒を取り出す。封を切って中身をのぞくと、それは手紙ではなく、書道で使う半紙だった。

公園の外灯が何回かチカチカと点滅したあと、パッと点いて辺りを照らす。

折りたたまれていた半紙をゆっくり開くと、墨でひと言、こう書かれていた。

【一人一流】

ひとり、いちりゅう。直接の意味は知らないけれど、川中先生がおっしゃりたいことが、なんとなく心では理解できた。

自分のスタイルをとことん極め、自分の弓道をする。楽しんで弓を引くことが、自分の弓道。そんな思いがこもっているんじゃないか、と。

そこで、ふと気づいた。

ひどい治療……ひどいちりょう……ひとりいちりゅう……。あずみさん、きみはとんでもない聞き違いをしていたみたいだ。

「ねえ、なんて書いてあったの？」

隣のブランコから僕の顔をのぞき込む彼女。

「んー、これは川中先生が俺に書いてくれた言葉だから、あずみには秘密」

僕はいたずらっぽく笑ってみせた。

「えー、いじわるー。わたしにも見せてよぉ」

あずみが口をとがらせる。

僕の弓道に、もう迷いはない。僕は僕の弓道をする。自分の道を極めるまで、ただひたすらがんばろう。

まずは明日、道場に行ったらみんなに謝る。『そんなに謝るな』と言われたけれど、今度は違う。自分の情けなさを、許してもらうんじゃない。もう一度がんばらせてくださいと、頭を下げる。

みんなとともに弓を引ける喜びを、もっとはっきり感じられるように。


ひんやりとした空気が肌を刺す。

翌日、部活動が始まる前に、僕はみんなに謝った。

「なんか吹っ切れたみたいだな。よかった。新しい射型に取り組んでみないか」

主将は試合のことには触れず、そう提案してくれた。

「次のレギュラーは俺がとる！」

セイタが強い口調で言うも、口は笑っている。

下校時に道場に顔を見せたマリア先輩にはバシバシと背中をたたかれた。

「うじうじ病がやっと直ったか。男だったらシャキッとしろよ！」

先輩とは、試合直後にあんなことがあって少し気まずかったけれど、僕が謝るとうれしそうな顔をしてくれ、ほっとした。

彼方とは、ちょうど看的係が一緒になったときに話すことができた。

「彼方、ごめん。俺、勝手に考えすぎて、ふてくされてた。これからは自分の射を追求する。全国行くって目標は、年越えちゃうけど、来年実現しよう」

練習中だからというのもあったけれど、照れくさくもあり、彼方の顔は見られなかった。その代わりに、的場と射位に交互に目をやり、「ティエーー！」といつも以上に腹から声を出した。

「お互いほろ苦デビューだったけど、焦らなくてもいいさ。人生は長いんだ」

表情は窺えなかったものの、彼方の声が弾んでいるのはわかった。彼の目は、既に先を見ている。

翌日から、主将に朝の自主練習に付き合ってもらい、会の状態を持続させるため、射型の修正に取り組んだ。初めこそ、弓を引き分けたあとに右手がびくついてゆるむことが何度もあったけれど、それを克服するため、体の内面から伸びることを意識し続けてみた。僕の射が元に戻るまで、ひと月以上かかった。

ちょうどその頃、彼方も医者から練習再開のゴーサインが出た。新人戦を県大会で終えた僕たちは、次の目標である選抜大会に向けて、いっそう練習に打ち込んだ。

そして、今年もいよいよ大晦日《おおみそか》。

午後十時。リビングをのぞくと、父と母がこたつでそろって背中を丸めて、恒例の歌番組を見ている。両親が同じ空間にいるのを見るのは久しぶりだ。

「ちょっと出てくるよ」

そろりと玄関に向かおうとすると、母がこたつに足を入れたまま、体だけこちらに向き直る。

「あら、年越しそばは食べないの？」

「あ、うん、今年はいいや」

「えー、なにー？　あやしいわね。まさかデート？」

母がじろりと僕を窺う。

「ちょっと集まる約束してるんだ」

「ホントかしら」

わざとらしく訝るような表情をしてくる。

「ホントだってば」

「あら、そう。まあいいわ。お父さんと久しぶりにふたりきりになれるし。あなたはあなたで楽しく過ごせば」

父に寄り添って、母は『さっさと行きなさい』とでも言いたげな顔で手を振った。

「はいはい」

おふたりのお邪魔にならないように出かけますよ。

大晦日と正月三が日、弓道部の練習は休みだったものの、彼方が呼びかけて、この企画を提案した。彼女の実乃里さんは実家のある北陸《ほくりく》のほうに帰省しているらしく、大晦日はどうしてもみんなと過ごしたかったらしい。もちろん僕も、年越し弓道という響きに胸を躍らせ、すぐに参加表明した。この日だけは先輩たちに内緒で、一年生有志だけの大会を作ろうということになったのだ。

弓道場に着くと、既にみんながいた。

「おーい、葛城、遅いじゃん。待ちくたびれたぞ！」

道衣に身を包んだマリア先輩が道場の中から叫ぶ。

時計の針は、午後の十時四十五分。たしか開始時間は十一時だったはず。……って、あれ？　マリア先輩がなんで？

「わたしを差し置いて、なに、こそこそ集まろうとしてんだい」

「いや、別にそんなわけじゃ」

「この秘密主義者が」

マリア先輩はやれやれというふうに鼻息を荒くする。

「もう、さっさと着替えなよ。遅刻魔」

セイタがマリア先輩の脇から付き人のように顔を出す。

先輩を誘ったのは、こいつか……。

「遅刻って、十一時開始でしょ」

するとあずみが駆け寄ってきて、「マリア先輩、九時には来てたみたいだよ」と教えてくれた。

おいおい、どれだけ早いんだ……。

みんなは道衣に身を包み、弓には弦が張られていた。

僕も急いで道衣に着替えて道場に入る。

彼方が一同の前に出て振り返る。

集まったメンバーは、彼方、あずみ、セイタ、マリア先輩、そして僕。つまり、いつもの顔ぶれだ。

「さあ、大晦日も残すところ一時間。ただいまより、二高弓道部の新たな歴史を作る、年越し弓道大会を始めます！」

彼方のかけ声に、みんなが拍手で応える。

辺りは深い闇に包まれて、物音ひとつなく静まり返っている。風はないものの、ひんやりとした空気が道衣の下にまで伝わってくる。道場から出る明かりだけが煌々と照り、華やかな別世界のようだ。道場脇の、葉を落とした木々の枝が作る影が、いろんな方向に伸びて幻想的だ。

安土にかけられた的は、昼間見るそれよりも、白と黒の輪がはっきりとしていた。

交代で射位に立ち、二十射、弓を引く。

——ボォーン。

弓を引いている最中に、少し離れた空からひとつ、低い鐘の音が聞こえた。

「あ、除夜の鐘」

あずみが空を見上げる。

そのあとも間隔を置いて、鐘はゆっくりと、荘厳な音を響かせた。

「百八の煩悩を断つぞ」

マリア先輩がこぶしを握る。

「そんなに煩悩ばかり持ってるんですか」と彼方が呆れた。

「マリア先輩はエロだから煩悩のかたまりなんだ」とセイタ。

「わたしはマジメすぎていろんなことに悩んでるんだよ！」とは、マリア先輩の弁。

弓を引きながらいろんなことを思い出した。

入学式のときの、壇上の彼方。川中弓具店へあずみと初めてふたりで行った日のこと。それから、マリア先輩のことでセイタとしたケンカ。職員室前の廊下でマリア先輩と話したこと。あっという間だった、夏の合宿。文化祭の一件。あずみとの初デート。そして、悔しさでいっぱいだったデビュー戦……。

もうすぐ年が明ける。

今、弓を引いて感じる、この楽しさ。来年もきっと、僕にもあずみにも、みんなにも、いろんなことがあるだろう。うれしいことも悲しいことも。

でも、今日の気持ちは忘れない。忘れてはいけないと思った。

尾を引くような、ひときわ長い鐘の音が、どこまでも反響しながら遠くの空に流れ、辺りは再び静まる。

僕たちはじっくりと、一射一射、気持ちを込めて弓を引いた。

年越し弓道大会の的中数トップは、なんとマリア先輩だった。

彼方が作ったというハンカチくらいの大きさのミニ優勝旗を受け取ったマリア先輩

は、「やったね！　年越したばかりだから、新年最初のハッピーが来た！」と、いつになく無邪気に喜んだ。先輩のそういうところがかわいい。


片付けをして着替えてから、道場のシャッターを閉めて明かりを消す。

僕たちは、歩いて高校の近くの『鴨江観音《かんのん》』に向かった。

入り口付近には、暗闇を温かく照らす提灯がずらりと並んでいる。広い敷地にもかかわらず、既に多くの人であふれていた。皆一様に、吐き出す息が白い。同じ時間に同じ場所へこれだけ多くの人が集まっているのを見るのは久しぶりだ。

人の波に身を任せながら、ゆっくりと境内へ向かう。途中、線香の香り、甘酒の匂いが漂う。

「なんかモチベーション上がるな」

セイタがソワソワしながら辺りを見回す。

「一のつく日は、他の日に比べて三倍やる気が出やすいって、なんかに書いてあったな。一年の一日目なんて、なおさらだ」と彼方が笑う。

「なああ、あとでおみくじ引こうぜ！」とセイタがはしゃぐと、「どうせあんたは大凶だよ」とマリア先輩が突っかかる。

「そんなの引いてみないとわからないじゃん」

「だったら勝負する？」

「望むところだ」

このふたりは、いったいおみくじでどう勝負するというのだ。それこそ罰当たりじゃないのか。

そして、あずみはというと……背の小さな彼女は周りの人に紛れないように、僕のコートの裾をつかんでいた。

文化祭のときみたいに、思いきって彼女の手をとってみようかとも思ったものの、意識すると緊張で怖じ気づく。でも……、この距離感だってうれしいものだ。僕は彼女の手が自分の裾から離れないよう、腕を振らずにゆっくりと歩いた。

少しずつ歩を進めながら、初詣の雰囲気に酔いしれる。

三十分ほどかかって、ようやく境内につく。みんなが順に賽銭箱《さいせんばこ》へ賽銭を投げ込み、手を打つ。

前で拝礼し終わったセイタたちは、「先行っておみくじ引いてるな」と振り返り、うしろからの人の波に押し出されるようにして脇へと抜けていった。残る彼方も、「甘酒、甘酒」と言って走っていく。

残った僕とあずみは、並んで賽銭箱の前に立つ。

賽銭を入れ、ふたり同時に手を合わせる。

彼女はなにを願ったんだろう。そんなことを気にしながら目をつむった。

お参りをしたあと、スマホを耳に当てていたセイタが通話口を胸でふさぎ、突然みんなに提案する。

「ウチの父さんがみんなを『中田島砂丘《なかたじまさきゅう》』に連れてってくれるって言うんだけど、行く？」

「え、なに、セイタの父ちゃんて、なんでそんな親切なの」

マリア先輩が喜ぶ。

「昔からおせっかい焼きでさ。俺が今日、部活のみんなと集まるって出てきたら、思い出作りにどうだ、って」

「いいお父さんだね」

あずみが微笑む。

「みんな乗れるの？」

彼方が聞く。

「父さん、町の少年野球団の監督もしててさ。ガキたちの遠征のために、ローン組んでマイクロバス買ったんだ。俺が野球やんないもんだから、少年野球に情熱のすべてを注いでるってわけ」

セイタが苦笑いで答える。

乗れるもなにも、広すぎるくらいだ。

「じゃあ、お言葉に甘えますか！」

マリア先輩の言葉にみんなもうなずいた。


鴨江観音を出たあと、かくして僕ら五人は、セイタのお父さんの計らいで、中田島砂丘に連れていってもらった。

「ウチのバカ息子がずいぶんみなさんの世話になっているようで、ホント、ありがたいことですわ」

冬なのに真っ黒に焼けたセイタのお父さんは、風貌も笑い方も豪快そのもの。セイタとは似ても似つかなかった。

途中で深夜営業のレストランに寄り、食事して体を温めた。

砂丘に着くと、防砂林《ぼうさりん》の外側を通る車道の路肩は、初日の出を拝みに来た車で埋め尽くされていた。

「俺、初日の出見に来たの、初めて」

こんなに多くの人が訪れるものなんだと、僕は心から驚く。

五分ほど防砂林を歩くと、急に辺りが開けた。開けたといっても、まだ日が昇る前だったので、林を抜けたというだけで、空には点々と星が瞬いている。

遠州灘と空との境目は同化して、水平線はわからない。打ち寄せる波の音だけが生々しく耳に届く。

「夜の海って、なんか不気味」

マリア先輩が両手を握る。

少し離れたところでは、いくつもの懐中電灯の明かりがチラチラと揺れていた。

ほどなくして、東の空が白み始める。

「わあー、なんか、幻想的」

あずみが空を仰ぐ。

西の地平線はまだ闇が深かったけれど、そこから百八十度振り返るまでに、幾重もの繊細な色彩の変化が見える。東の海が青白く澄んでいる。

僕たちは横一列に並び、しばらく自然が創り出す壮大なグラデーションに見入った。

風はない。ひんやりとした空気が襟を正せと訴えているようだった。

隣のあずみから白い息が漏れ出る。それは空に昇り、さっと消えた。

「あっ」

あずみが声をあげたのと同時に、水平線の一点が輝き始めた。

生まれて初めて、水平線から昇る初日の出を見た。

それは普段の生活で見るものとは別格の神々しさだった。海岸線も波のしぶきも、空の色合いの変化も薄らとした雲の流れも。すべてが人の手の支配を超えた、偉大な自然の産物なのだと改めて思う。

中学の天体の授業で、太陽の日周運動は一定の速度だと習ったはずだ。でも、目の前の太陽は、一度顔を見せると一気に昇った。そう思わずにいられないほど勢いがあった。

大げさに言えば、暗闇から光が照らし出される瞬間を目の当たりにして、それが世界を作り出したように見えたのだ。

日が昇る空を眺めながら、僕はこれからだ、そう思った。

なんだか無性に涙が込み上げてくる。抑えてもあふれ出しそうで、居ても立ってもいられず、僕は一歩前へ出る。

「うおおぉぉーー！」

衝動的に、叫んだ。

『勝ち負けじゃなくて、どれだけ自分の世界を創り出せるかってことには、区切りとかゴールとかないんじゃないかな』

それを言ったあずみが今、隣で、僕に続いて叫ぶ。

「ぅおぉーー！」

あずみの声から発散されるエネルギーが、空を伝っていく。

「ティエーー！」

彼方の声が響き渡った。

「レギュラーとるぞーーー！」

セイタが絶叫する。

「末吉ってなんだーー！　中途半端だろーーー！」

マリア先輩も負けずに叫んだ。

僕たちのいる一帯から吐き出されるそれぞれの息が、湯気のように立ち昇る。

彼方が一歩、二歩、三歩と進んだ。

「全国行くぞーー！」

「うおぉぉぉーー！」

微塵《みじん》の濁り気もない日の光を全身に浴びて、僕はもう一度、腹の底から声を出した。

仮に今、百の言葉を使ってなにかを語ろうとしても、けっしてうまくは語れないだろう。だから、これまで聞いたみんなの言葉を思い、振り向きもせず、ただがむしゃらに、僕は叫んだ。

エピローグ

春の訪れはもう間近だ。新しい季節を迎えてからの僕たちは、これからまだまだ、幾多の苦難や歓喜を経験することになるだろうけれど……それはとりあえず、また別の話だ。

ただ、ほんの少しだけ、マリア先輩の、ちょっと先の未来に触れておく。

先輩は東京《とうきょう》の有名私立大『AG大』に合格したと同時に、モデル事務所に入ることとなった。そのきっかけがすごい。

四月、季節はずれの記録的豪雨が首都圏を直撃したとき、テレビ局の報道カメラが渋谷《しぶや》駅前を映していると、びしょ濡れになって歩くマリア先輩を捉えた。ほんの五秒程度のことだったようだけれど、その映像を有名外国人デザイナーが見ていたのだ。その人がモデル事務所に働きかけて毎日渋谷駅前を張らせて、先輩を探し出し、スカウトしたらしい。

そのあと、ファッション雑誌へのグラビア掲載や大規模なファッションフェスタへの出演も決まり、先輩は大忙しの大学生活を迎える。

そして二十歳の成人式……マリア先輩は、念願だった三十三間堂の通し矢で見事優勝するのだ。

二月下旬。いよいよ選抜大会の県大会を迎える。

僕と彼方が出場した上旬の地区予選は、二高団体チームが圧倒的な好成績で制した。

夏には一面に青く茂っていた緑も、今は跡形もなく落ち、枝だけが複雑に分かれて天に伸びている。空は薄青色に澄んでいた。

今日は風がなく、留まる冷気が肌をこわばらせる。

朝の練習前の、静まり返った二高弓道場。

僕はひとり、道衣に身を包み、的場を眺める。

中の薄暗さと外のまぶしさが対照的で、目が慣れるまでの間、道場から見る芝とその先の的が、一枚の写真のように映った。

的は、動かない。いつだって変わらずそこにある。僕たちの射を邪魔するものはなにもない。もちろん、それでも中らないことはあるけれど。

そんなとき、変えるべきは、自分。人生と同じだと、弓道が教えてくれた。

「一緒に引いていい？」

振り返ると、あずみが袴姿で弓を手にして立っていた。

結局、彼女にはまだ、僕の恋心を伝えられていない。

でも、いいんだ。しばらくお預けにする。だって僕はまだ、なにも成し遂げていない。『全国』という夢だって。

いとおしくて、大切なきみ。

「待ってたよ」

ふたりして、射位に立つ。

『時間が止まったみたい』

今改めて、初めて出会ったときのことを振り返る。

『シンクロかー』

泣いているのかと思ったら、クスクスと笑いを漏らしたきみ。

あれはたしか、夏の終わりのことだった。

『また、シンクロしたね』

川中道場で見せた満面の笑み。

打ちひしがれた僕を、きみが再び立ち直らせてくれた。いつだって、きみは僕に笑顔をくれる。それが僕の力となり、支えになった。

きみの眼差しが好きだ。

僕もまた、的を射抜く矢のように、まっすぐに生きたい。

あずみが弓を打ち起こす。僕もゆっくりとそれに続く。

ふたりの思いを精いっぱいこめて。

きみと見つめる、はじまりの景色。

fin

あとがき

はじめまして、騎月孝弘と申します。

このたび、小説投稿サイト・エブリスタで開催された『スターツ出版文庫大賞』の恋愛部門賞を受賞し、さらには大変ありがたいことに、作品を書籍化して頂きました。巡り合わせとは本当に不思議なものです。

学生時代にはドラマや映画のシナリオを読み漁り、自分もシナリオライターになれたらいいなと、テレビ局主催の懸賞公募に四年で二十本近いシナリオを応募した記憶があります。ただ、一次、二次は通っても、現実は甘くありませんでした。

塾の教師になってからも、趣味の範囲で少しずつ小説を書いていました。職場の先輩のホームページに掲載して頂く程度で、本当にお遊びでしたが。それでも、好きなものに対する熱量というのは年齢とはあまり関係ないらしく、年月を経るごとに、もっといろいろな作品を書きたいと思うようになり、投稿も始めました。

一方、塾に通って頂く生徒・児童は年々増え、校舎では忙しくも楽しい毎日を過ごしています。ですので、作品は百ページほどの短編か本作くらいの長編を、年に一、二本程度、休日にマイペースで書いてきました。そうして、かれこれ八年ほどでしょうか。昨秋、たまたまツイッターの告知でエブリスタのことを知り、さらにたまたまエブリスタ内で、応募締め切りが数日後に迫った『スターツ出版文庫大賞』の存在を知り、駆け込みで応募したところ、運よく出版社様に拾って頂いた次第です。

本作は、かつて自分が熱心に打ち込んだ高校弓道部での経験が一割、そして残り九割は自分が経験したかった〝憧れ〟で描かれています。ファンタジックな要素や生死にまつわるエピソードはありません。友情、恋愛、挫折と成長など、青春要素だけ集めた直球です。〝青春〟とはごくありふれた日常の中にいっぱい詰まっていて、それは何歳になっても、だれにでも出会うことのできるものだと信じています。ですので、中高生はもちろん、大人の読者様にも楽しんで頂けましたら幸いです。これから先も、絆やユーモアの感じられる、読後感のさわやかなお話をお届けしてまいります。

最後に、この作品にお付き合いくださった読者さま。いつも執筆イメージの膨らむ助言を与えてくださる、頼れる編集の森上さん。的確かつ極めて詳細な改稿指示をくださったヨダさん。素敵な装画を描いてくださった烏羽《からすば》 雨《あめ》さん。この本を世に送り出すことに携わってくださったすべての皆さまに、心から感謝申し上げます。

本当にありがとうございました。

二〇一八年四月　騎月孝弘

この物語はフィクションです。実在の人物、団体等とはいっさい関係ありません。

なお、本作の弓道大会では団体戦を男女混合チームとして描いていますが、これは作者のオリジナル設定であり、実際の競技は男女別に行われます。

（二〇一八年四月現在）

騎月孝弘先生へのファンレターのあて先
〒104-0031　東京都中央区京橋1-3-1　八重洲口大栄ビル7F
スターツ出版(株) 書籍編集部 気付
騎月孝弘先生

きみと見つめる、はじまりの景色

2018年4月28日　初版第1刷発行

著　者　　騎月孝弘　©Takahiro Kizuki 2018

発 行 人　　松島滋
デザイン　　カバー　徳重 甫+ベイブリッジ・スタジオ
　　　　　　フォーマット　西村弘美
D T P　　久保田祐子
編　　集　　森上舞子
　　　　　　ヨダヒロコ（六識）
発 行 所　　スターツ出版株式会社
　　　　　　〒104-0031
　　　　　　東京都中央区京橋1-3-1　八重洲口大栄ビル7F
　　　　　　TEL　販売部　03-6202-0386（ご注文等に関するお問い合わせ）
　　　　　　URL　http://starts-pub.jp/
印 刷 所　　大日本印刷株式会社

Printed in Japan

ISBN　978-4-8137-0446-1　C0193

スターツ出版文庫　好評発売中!!

『桜が咲く頃、君の隣で。』　菊川《きくかわ》あすか・著

高２の彰のクラスに、色白の美少女・美琴が転校してきた。「私は…病気です」と語る美琴のことが気になる彰は、しきりに話し掛けるが、美琴は彰と目も合わせない。実は彼女、手術も不可能な腫瘍を抱え、いずれ訪れる死を前に、人と深く関わらないようにしていた。しかし彰の一途な前向きさに触れ、美琴の恋心が動き出す。そんなある日、美琴は事故に遭遇し命を落としてしまう。だが、目覚めるとまた彰と出会った日に戻り、そして——。未来を信じる心が運命を変えていく。その奇跡に号泣。

ISBN978-4-8137-0430-0 ／ 定価：本体580円＋税

『星空は100年後』　櫻《さくら》いいよ・著

俺はずっとそばにいるよ——。かつて、父親の死に憔悴する美輝に寄り添い、そう約束した幼馴染みの雅人。以来美輝は、雅人に特別な感情を抱いていた。だが高1となり、雅人に“町田さん”という彼女ができた今、雅人を奪われた想いから美輝はその子が疎ましくて仕方ない。「あの子なんて、いなくなればいいのに」。そんな中、町田さんが事故に遭い、昏睡状態に陥る。けれど彼女はなぜか、美輝の前に現れた。大好きな雅人に笑顔を取り戻してほしい美輝は、やがて町田さんの再生を願うが…。切なくも感動のラストに誰もが涙！

ISBN978-4-8137-0432-4 ／ 定価：本体550円＋税

『おまかせ満福ごはん』　三坂《みさか》しほ・著

大阪の人情溢れる駅前商店街に一風変わった店がある。店主のハルは“残りものには福がある”をモットーにしていて、家にある余った食材を持ち込むと、世界でたった一つの幸せな味がする料理を作ってくれるらしい。そこで働く依は、大好きな母を失った時、なぜか泣けなかった。そんな依のためにハルが食パンの耳で作ったキッシュは、どこか優しく懐かしい母の味がした。初めて依は母を想い幸せな涙を流す——。本替わりのメニューは、ごめんね包みのカレー春巻き他、全５食入り。残り物で作れる【満福レシピ】付き！。

ISBN978-4-8137-0431-7 ／ 定価：本体530円＋税

『奈良まちはじまり朝ごはん2』　いぬじゅん・著

奈良のならまちにある『和温《わおん》食堂』で働く詩織。紅葉深まる秋の寒いある日、店主・雄也の高校の同級生が店を訪ねてくる。久しぶりに帰省した旧友のために、奈良名物『柿の葉寿司』をふるまうが、なぜか彼は食が進まず様子もどこか変。そんな彼が店を訪ねてきた、人には言えない理由とは——。人生の岐路に立つ人を応援する“はじまりの朝ごはん”を出す店の、人気作品第２弾！読めば心が元気になる、全４話を収録。

ISBN978-4-8137-0410-2 ／ 定価：本体590円＋税

スターツ出版文庫　好評発売中!!

『届くなら、あの日見た空をもう一度。』　武井《たけい》ゆひ・著

何気なく過ぎていく日々から抜け出すために上京した菜乃花。キラキラとした大学生活ののちに手にしたのは、仕事の楽しさと甘いときめき。だが、運命の人と信じていた恋人に裏切られたのを機に、菜乃花の人生の歯車は狂い始め、ついには孤独と絶望だけが残る。そんな彼女の前に現れたのは年下の幼馴染み・要。幼い頃からずっと菜乃花に想いを寄せてきた要は、悩みつつも惜しみなく一途な愛を彼女に注ぎ、凍てついた心を溶かしていくが…。第2回スターツ出版文庫大賞にて特別賞受賞。“究極の愛と再生の物語”に号泣！

ISBN978-4-8137-0411-9 ／ 定価：本体540円＋税

『降りやまない雪は、君の心に似てる。』　永良《ながら》サチ・著

弟を事故で失って以来、心を閉ざしてきた高校生の小枝は、北海道の祖母の家へいく。そこで出逢ったのは“氷霰症候群《アイスヘイルシンドローム》”という奇病を患った少年・俚斗だった。彼の体温は病気のせいで氷のように冷たく、人に触れることができない。だが不思議と小枝は、氷のような彼に優しい温もりをもらい、凍った心は徐々に溶かされていった。しかしそんな中、彼の命の期限が迫っていることを知ってしまい――。触れ合うことができないふたりの、もどかしくも切ない純愛物語。

ISBN978-4-8137-0409-6 ／ 定価：本体570円＋税

『れんげ荘の魔法ごはん』　本田晴巳《ほんだはるみ》・著

心の中をのぞける眼鏡はいらない―。人に触れると、その人の記憶や過去が見えてしまうという不思議な力に苦悩する20歳の七里。彼女は恋人の裏切りを感知してしまい、ひとり傷心の末、大阪中崎町で「れんげ荘」を営む潤おじさんのもとを、十年ぶりに訪ねる。七里が背負う切なくも不可解な能力、孤独…すべてを知る潤おじさんに、七里は【れんげ荘のごはん】を任せられ、自分の居場所を見出していくが、その陰には想像を越えた哀しくも温かい人情・優しさがあった――。感涙必至の物語。

ISBN978-4-8137-0394-5 ／ 定価：本体530円＋税

『僕は明日、きみの心を叫ぶ。』　灰芭《はいば》まれ・著

あることがきっかけで学校に居場所を失った海月は、誰にも苦しみを打ち明けられず、生きる希望を失っていた。海月と対照的に学校の人気者である鈴川は、ある朝早く登校すると、誰もいない教室で突然始まった放送を聞く。それは信じがたいような悲痛な悩みを語った海月の心の叫びだった。鈴川は顔も名前も知らない彼女を救いたい一心で、放送を使って誰もが予想だにしなかったある行動に出る――。生きる希望を分け合ったふたりの揺るぎない絆に、感動の涙が止まらない！　第2回スターツ出版文庫大賞フリーテーマ部門賞受賞作。

ISBN978-4-8137-0393-8 ／ 定価：本体530円＋税